陰陽師

醉月卷

陰陽師系列

第十五部

夢枕獏——著

茂呂美耶——譯

新版推薦序

伴隨《陰陽師》系列小說十五年有感

承接《陰陽師》系列小說的編輯來信通知，明年一月初將出版重新包裝的第一部《陰陽師》，並邀我寫一篇序文。

收到電郵那時，我正在進行第十七部《陰陽師螢火卷》的翻譯工作，而且，由於晴明和博雅這兩人拖拖拉拉了將近三十年的曖昧關係（中文繁體版則爲十五年），終於有了一小步進展，令我陷入興奮狀態，於是立即回信答應寫序文。因爲我很想在序文中向某些初期老粉絲報告：「喂喂喂，大家快看過來，我們的傻博雅總算開竅了啦！」

其實，我並非喜歡閱讀ＢＬ（男男愛情）小說或漫畫的腐女，《陰陽師》也並非ＢＬ小說，但是，我記得十多年前，曾經在網站留言版和一些《陰陽師》死忠粉絲，針對晴明和博雅之間的曖昧感情，嬉笑怒罵地聊得鼓樂喧天，好不熱鬧。

說實在的，比起正宗ＢＬ小說，《陰陽師》的耽美度其實並不高。就我個人觀點而言，這部系列小說的主要成分是「借妖鬼話人心」，講述的是善變的人心，無常的人生。可是，某些讀者，例如我，經常在晴明和博雅的對話中，敏感地聞出濃厚的ＢＬ味道，並爲了他們那若隱若現，或者說，半遮半掩的愛意表達方式，時而抿嘴偷笑，時而暗暗奸笑。

身爲譯者的我，有時會爲了該如何將兩人對話中的那股濃濃愛意，翻譯得不露骨，但又不能含糊帶過的問題，折騰得三餐都以飯糰或茶泡飯草草果腹，甚至一句話要改十遍以上。太露骨，沒品；太含蓄，無味。所幸，這種對話不是很多。是的，直至第十六部《陰陽師蒼猴卷》爲止，這種對話確實不多。

然而，我萬萬沒想到，到了第十七部《陰陽師螢火卷》，竟然出現了令我情不自禁大喊「喂喂，博雅，你這樣調情，可以嗎？」的對話！不過，請非腐族讀者放心，這種對話依舊不是很多，況且，說不定我們那個憨厚的傻博雅，不明白自己說的那些話其實是一種調情。而能塑造出讓讀者感覺「明明在調情，但調情者或許不明白自己在調情」的情節的小說家夢枕大師，更令人起敬。

話說回來，不論以讀者身分或譯者身分來看，《陰陽師》系列小說最吸引我的場景，均是晴明宅邸庭院。那庭院，看似雜亂無章，卻隨著季節交替輪換而自有一番情韻。倘若我在進行翻譯工作時的季節，恰好與小說中的季節相符，我會翻譯得特別來勁，畢竟晴明庭院中那些常見的花草，以及，夏天吵得不可開交的蟬鳴和秋天唱得不可名狀的夜蟲，我家院子都有。只是，我家院子的規模小了許多，大概僅有晴明宅邸庭院的百分或千分之一吧。

爲了寫這篇序文，我翻出《陰陽師飛天卷》、《陰陽師付喪神卷》、《陰陽師鳳凰卷》等早期的作品，重新閱讀。不僅讀得津津有味，甚至讀得久違多年在床上迎來深秋某日清晨的第一道曙光。

此外，我也很佩服當年的自己，竟然能把小說中那些和歌翻譯得那麼美。不是我在自吹自擂，是眞的。我跟夢枕大師一樣，都忘了早期那些作品的故事內容，重讀舊作時，我眞的在文字中看到當年爲了翻譯和歌，夜夜在書桌前和古籍資料搏鬥的自己的身影。啊，畢竟那時還年輕，身子經得起通宵熬夜的摧殘，大腦也耐得住古文和歌的折磨。如今已經不行了，都盡量在夜晚十點上床，十一點便關燈。因爲我在明年的生日那天，要穿大紅色的「還曆祝著」（紅色帽子、紅色背心），慶祝自己的人生回到起點，得以重新再活一次。

如果情況允許，我希望能夠一直擔任《陰陽師》系列小說的譯者，更希望在我穿上大紅色背心之後的每個春夏秋冬，仍可以自由自在穿梭於晴明宅邸庭院。

茂呂美耶

於二〇一七年十一月某個深秋之夜

目錄

平安時代中期的平安京

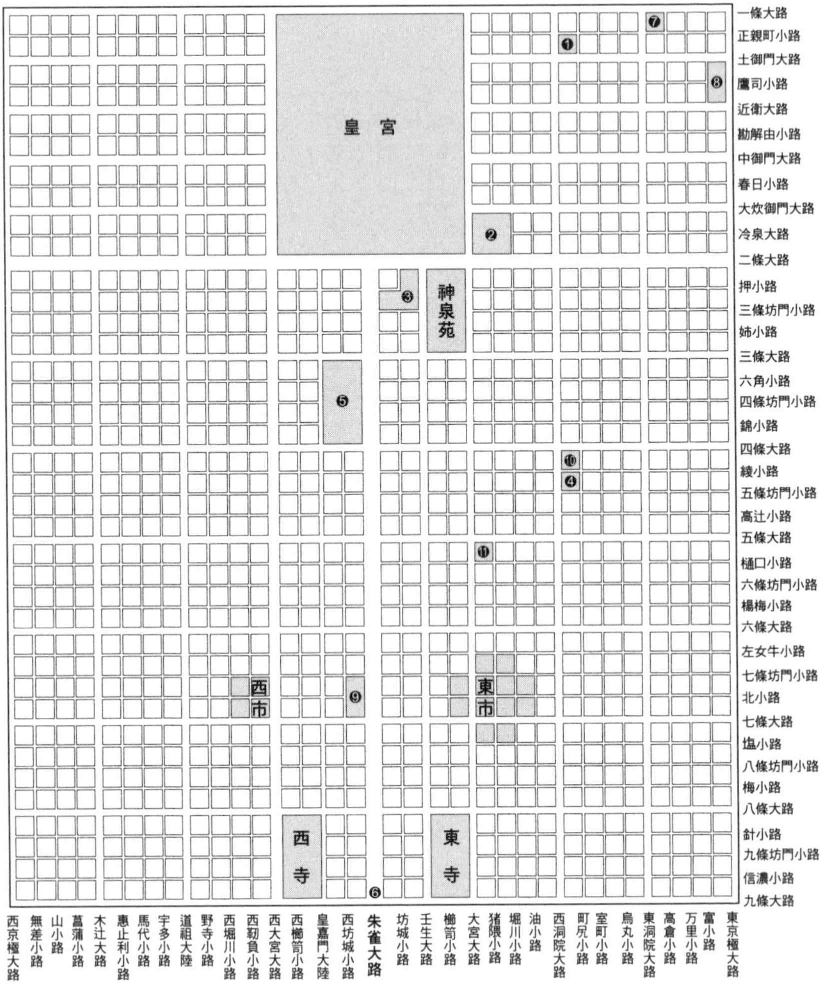

❶安倍晴明宅邸　❷冷泉院　❸大學寮　❹菅原道眞宅邸　❺朱雀院　❻羅城門　❼藤原道長「一條第」
❽藤原道長「土御門殿」　❾西鴻臚館　❿藤原賴通宅邸　⓫藤原彰子邸

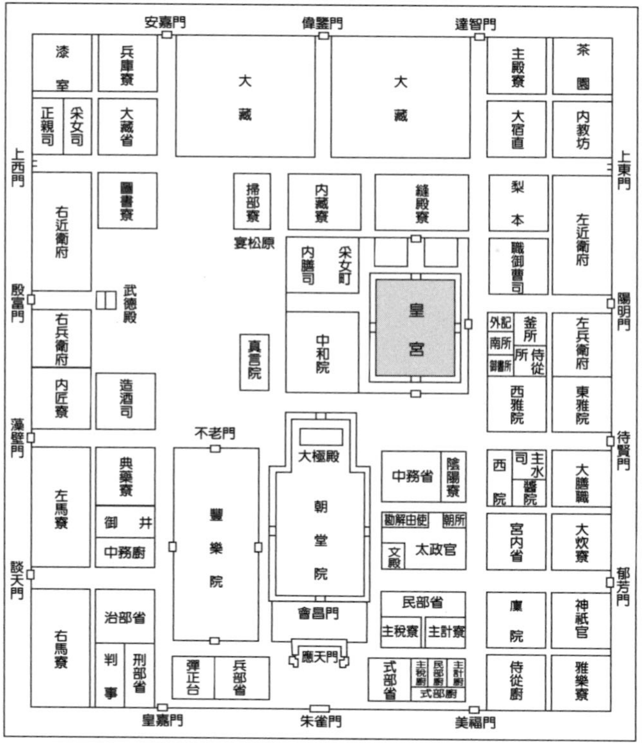
安嘉門
偉鑒門
達智門
漆室
兵庫寮
大藏
主殿寮
茶園
正親司
采女司
大藏省
大宿直
內教坊
上西門
上東門
右近衛府
圖書寮
掃部寮
內藏寮
縫殿寮
梨本
左近衛府
宴松原
內膳司
采女町
職御曹司
殿富門
武德殿
皇宮
陽明門
右兵衛府
中和院
外記
釜所
左兵衛府
真言院
南所
侍從所
御書所
內匠寮
造酒司
西雅院
東雅院
藻壁門
不老門
大極殿
待賢門
典藥寮
中務省
陰陽寮
西院
主水司
醬院
大膳職
左馬寮
御井
豐樂院
朝堂院
勘解由使
朝所
中務廚
太政官
文殿
宮內省
大炊寮
談天門
郁芳門
民部省
廩院
神祇官
治部省
會昌門
主稅寮
主計寮
右馬寮
判事
刑部省
應天門
彈正台
兵部省
式部省
主稅廚
民部廚
主計廚
式部廚
侍從廚
雅樂寮
皇嘉門
朱雀門
美福門

大內裏

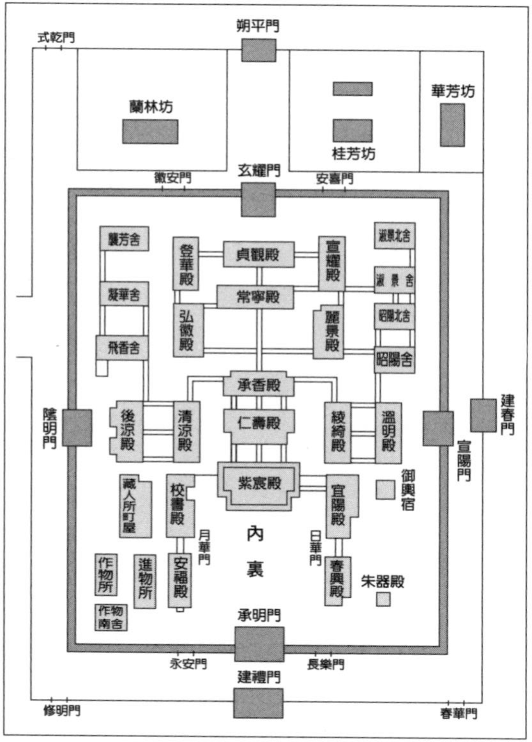
朔平門
式乾門
華芳坊
蘭林坊
桂芳坊
玄耀門
徽安門
安喜門
襲芳舍
登華殿
貞觀殿
宣耀殿
凝華舍
常寧殿
飛香舍
弘徽殿
麗景殿
昭陽北舍
昭陽舍
承香殿
陰明門
後涼殿
清涼殿
仁壽殿
綾綺殿
溫明殿
建春門
宣陽門
紫宸殿
御輿宿
藏人所町屋
校書殿
宜陽殿
月華門
內裏
日華門
作物所
進物所
安福殿
春興殿
朱器殿
作物所南舍
承明門
永安門
長樂門
建禮門
修明門
春華門

內裏（皇宮）

飲銅酒之女

一

雪，寂靜地下著。

柔軟的雪，細細地降落在庭院的枯草上。

已經下了一陣子的雪，將晴明宅邸的庭院，上了一層白色淡妝。

晴明和博雅坐在窄廊[1]上，一面觀賞庭院雪景，一面喝酒。

兩人之間擱著燒炭的火盆，有時伸手到火上取暖，有時伸手端起盛有酒的酒杯。那是溫酒。喝下後，可以感覺酒的溫度自喉嚨緩緩降至腹部，再溶於血中，在體內循環。

「好酒。」

博雅吐著白色氣息說。

雖然已過中午，四周仍很明亮。天空雖灰暗，地面卻有雪光。離日落，還有一段時間。

雪不停降落在枯萎的黃花敗醬[2]以及桔梗上，逐漸堆積。

博雅望著庭院，嘆息說：

1 原文為簀子「（すのこ，sunoko）」，為平安時代建築方式，最外面的長廊沒有牆壁，由板條鋪成，可讓雨水漏到板條下的地面。

2 原文為「女郎花（おみなえし，ominaeshi）」，學名 *Patrinia scabiosaefolia*，忍冬科（Caprifoliaceae）多年生草本，秋天七草之一，中藥上多用於清熱解毒。

「晴明啊，這眞是不可思議的事呀……」

「什麼事不可思議？博雅。」

晴明喝乾杯裡的酒，說。

「該怎麼形容才好呢？該說那些草、花、蟲，或該說在積雪下安眠的那些大自然之物呢……不，這眞的很難用語言形容……」

博雅結結巴巴，暫且閉嘴，再歪頭作思考狀，之後再度開口。

「就是讓那些大自然之物生存，類似這天地之法則的東西……」

「唔……」

「現在，無論哪裡，看上去都沒有生命的跡象。可是，再過一或兩個月，泥土中會冒出嫩芽，逐漸成長，蟲會爬出，那些枯草大概很快就會被新長出的草壓在底下，消失蹤影，甚至令人想不起它們曾經在哪裡吧。」

「唔。」

「即使我們看不見生命，但生命依然存在於該處，這不是很不可思議嗎……」

「因爲生命也是一種咒。」

晴明簡短地答。

蜜蟲往晴明已空的酒杯內斟酒。

「咒？」

「嗯。」

「晴明，你不要把話說得太複雜……」

「我沒有說得太複雜。我只是說得更簡單一點。」

「不，只要你一提起咒，話題一定會變得很難懂。」

「不會。」

「會。」

「眞有點傷腦筋。」

「傷什麼腦筋？」

「這樣一來，我不是不能提起有關咒的話題了嗎……」

「我倒無所謂。」

「你要說生命和咒是兩回事，這也可以。但如果我說，兩者很相似，這又如何呢？」

「什麼如何？」

「生命沒有形狀，沒有重量，沒有數量……」

「唔。」

「咒也沒有形狀，沒有重量，沒有數量……」

「什麼！」

「博雅啊，這道理如何？」

「什麼道理不道理的，晴明啊，你這樣說豈不是反倒全然不知所以了嗎？首先，你剛才說生命沒有形狀，但其實有。蝴蝶有蝴蝶的形狀，狗有狗的形狀，鳥有鳥的形狀，魚有魚的形狀。簡單說來，這不正表示生命是有形狀的嗎……」

「博雅，那我問你，蝴蝶的屍骸會變成怎樣？狗的屍骸呢？魚的屍骸呢？」

「唔……」博雅答不出話。

「你這不是等於說，死了後，失去生命後，蝴蝶仍有蝴蝶的形狀，狗有狗的形狀，鳥有鳥的形狀嗎……」

「唔、唔。」

「換句話說，形狀，並非生命的本質。」

「那麼，什麼才是生命的本質？」

「咒。」

「什……」

「我剛才說，生命的本質和咒很相似，正是這個道理。不，生命和咒，應該可以說是同一物。也就是說，所謂生命，就是……」

「等、等等，晴明。」

博雅打斷晴明的話。

「怎麼了？」

「咒的話題，到此爲止。再說下去，我會連酒味都嘗不出來。」

「是嗎？」

晴明輕鬆地說，然後轉換話題。

「那我來說其他事。」

「其他事？」

「我原本是想跟你談這件事，可是你提起生命，結果我也不知不覺就說到咒的話題了。」

「到底怎麼回事？」

「橘盛季大人待會兒會光臨。」

「是任職藏人[3]的橘盛季嗎？」

「嗯。」

「他爲何來此？」

「聽說盛季大人最近被怪事……不，被怪物纏身，束手無措。他好像正是爲了此事，想來找我商量。」

「是嗎？」

「昨天，我收到他送來的信，他問我，明天——也就是今天，能不能與他見上一面……」

「然後呢？」

「我回信說，當天源博雅大人將光臨舍下，能否改日再來？結果，對方說，只要博雅大人不介意，務必讓他來一趟……」

「是嗎？」

「信上說，總之，明天將前去拜訪。如果博雅大人不願意，到時再擇日……事情就變成這樣。」

「看來好像很急。」

「博雅啊，我要談的正是這個。我知道你向來不會拒絕這類事，所以，

---

3 日本律令制底下設置的一種官職，類似天皇的祕書，是令外官，漢朝名為黃門侍郎、夕郎、夕拜。

如果你不介意，我們就在這裡一起聽盛季大人要說什麼吧……」

「我無所謂。總比聽咒的話題好多了。」

「那就這樣決定。」晴明點頭。

過一會兒，橘盛季搭牛車來了。

二

盛季宅邸位於神泉苑[4]東方的東大宮大路[5]上，四個月前，夏季即將結束時，那男子前來造訪。

是名身穿近乎藍色的窄袖便服[6]、眼睛很小的男子。

「這是敝宅小姐命我送到貴府的……」

對方如此說著，奉上一把薰得芳香的摺扇。

打開摺扇，裡面寫著一首和歌。

吾庵草茂，無路可尋；
奈何乏人，蹚草問津。

---

4 建於平安京皇宮東南方的御苑，東西約二四〇公尺，南北約五百公尺，中央有池塘，是天皇與朝廷官員的宴遊場所。現為東寺真言宗寺院。
5 今京都市大宮通。
6 原文為「小袖（こそで，kosode）」。

是優雅的女性筆跡。

「三天前，您是否曾前往西市？」男子問。

「去過。」盛季點頭。

三天前，盛季確實前往西市辦事。

「那時，敝宅小姐在車內看到大人身姿……」

據說當下對盛季一見鍾情。

盛季當然不知道對方到底是何方小姐。

男子又說：

「小姐吩咐我要帶回大人的回信。」

「也好……」

盛季說後，立即寫下一首和歌。

踏遍天原，轟隆之神；
思吾情深，露水不忘。

女方寫的和歌，意思是：

「我住的地方，雜草叢生，也沒有路。更沒有人願意踏著那片草地前來……」

請您務必來我住的地方——這是和歌的隱意。

男方回的和歌，意思是：

「妳千萬不要忘記，妳此刻喜歡我的這份情意。」

男方和歌上句「踏遍天原，轟隆之神」，幾乎毫無意義，只是一種氣勢而已。是為了配和女方和歌的「蹚」而作「踏」出「轟隆」聲，下句的「露水」則是與「草」應和，強調「一刻也不能忘」。

這首和歌並非十分出色，但在不知對方是何人的情況下，還算說得過去。

男子收下和歌離去，五天後，又帶來一首女子的和歌。

盛季也作下和歌回敬，如此一來一往交換了幾次信件，一個月後，盛季終於動心，決定前往女子住處。

僅有一件事令盛季記掛在心，那就是男子說話時不時會露出口中舌頭，那舌頭看上去顯得有點黝黑。

當天夜晚，盛季搭乘對方派來迎接的車子，離開宅邸。

他決定帶幾名隨從過去，遂選出三名比較親近的人，讓他們徒步跟在車後。

牛車往西京前行。

「到了。」

聽對方如此說，盛季下車，藉著火把亮光一看，原來牛車停在一座宏麗大門前。

然而，應該跟在車後的三名隨從，卻不見人影。

盛季問男子，男子答：

「大概在途中走散了。」

盛季有點不安，但男子催促：

「請，請，這邊請。」

盛季只好跟在男子身後，進入宅邸。

盛季隨男子來到一間四周圍著幔帳，裡面點有一盞燈火的房間，坐在蒲團上後，又發覺酒菜已備好，正面垂著一面竹簾。

「總算見到您了。」

竹簾後傳出女子的響亮聲音。

女子掀起竹簾走出，盛季一看，對方身穿白色窄袖便服，作男子打扮，卻顯得嬌豔萬分。

兩人邊交談邊飲酒，理所當然，水到渠成，該做的都做了。

盛季於天亮前搭車回自己的宅邸，但僅一夜，他就完全拜倒在女子石榴裙下。

三名隨從在天亮時才回來。

「哎呀，請大人原諒。我們本來跟在車子後面，不知何時竟然走散了……」

「我們一直都在找您，直至天亮……」

三名隨從向盛季賠罪。

「沒關係，沒關係。」

心情愉悅的盛季，寬大地原諒了隨從。

之後，他經常往訪[7]女子住處。

每次總是女子遣牛車來接盛季。每次都在夜晚時分。盛季搭乘女子遣來的車子前往女子住處，天亮時才回來。

---

7 平安時代的男女交際習俗是「訪妻婚」，男方於夜晚探訪女方，住宿一夜後，翌日清晨離去。由於沒有法律約束，男方可以隨時中止「訪妻」行為。一旦男方不再來訪，女方可以再度尋覓適當人選。

除了第一次，盛季再也沒有帶隨從出門，每次都獨自一人前去。

奇怪的是，每次來接盛季的那名男子以及隨從，發笑時都不張口。

女子也一樣，無論發笑或必須張大嘴巴說話時，她都會用摺扇、袖子，或用手遮住嘴巴。

同床共枕時，會熄滅燈火。

儘管如此，有時仍可看到女子的口中或舌頭。令人驚訝的是，無論任何人，口內或舌頭都是黑色的。

不過，盛季從未針對此事問過任何人。一來，他知道大家都想隱瞞這件事，再者，他認爲萬一問了，惹女子不高興，讓這段良緣產生裂痕，那也沒意思。

那天夜晚，牛車提早來接盛季。

「今天怎麼了?怎麼比平常早來呢?」盛季問。

「自從大人您第一次光臨敝宅以來，今天是第七七四十九次。」男子答。

「第四十九次又怎麼了?」

「沒什麼，只是大人您已經來訪這麼多次，所以我們小姐的家人親戚，

都認爲一定要在今晚和大人您打個招呼……」

對方到底在說什麼，盛季完全摸不著門兒，似懂非懂，總之先上了車。

如往常抵達女子住處時，宅邸內的人似乎比平日多，人聲嘈雜。

盛季走進大廳，發現屋內點起許多燈火，明亮如白晝，眾多男女出來相迎。

「哎呀，盛季大人，眞是承蒙您照顧我家女兒。」

「今晚是第四十九天，眞是個天假良緣的夜晚呀。」

眾人依次向盛季打招呼。

「我是您的岳父。」

「我是您的岳母。」

對方笑著向盛季打躬行禮。

仔細觀看對方的嘴巴，每個人都翩翩舞動著一條黑舌。

而且每個人都不再隱瞞此事。

「請您隨意。」

「我們去準備宴席……」

「您先享樂吧……」

待眾人消失蹤影，只剩女子和盛季兩人。
「請您今晚在此過夜。」
女子嬌媚地偎靠過來。
女子比平日更妖豔，對盛季用盡所有花招，盛季也大爲受用，度過了一個比往日都更激情的夜晚。
之後——
到底過了多久呢？
盛季醒來。
他發覺四周只有他一人。
看來在不知不覺中睡著了。
本來睡在身邊的女子已不見蹤影，燈火也已熄滅，四周漆黑一片。
不知自何處傳來熙攘聲。
盛季從寢具中起身，循著聲音傳來的方向走去，看到前方有燈火亮光。
那裡是他最初被帶去的大廳，此刻可以看見廳內有許多男女正在喝酒。
「哎呀，今晚眞是個良宵。」
「難得找到這麼一位好女婿。」

岳父和岳母如此說。

每個人雙手都各自捧著大酒杯，另有牛頭之物和馬面之物，用大杓子輪流往每個人的大酒杯內斟酒。

女子邊笑邊用酒杯接酒，再一口氣喝光。

「噢嗚嗚嗚嗚嗚。」

喝完酒的女子大哭大喊。

她一面大喊，一面笑著。

其次是岳父。

馬面之物往酒杯內斟完酒後，岳父也大哭大喊。

「哇嗚嗚嗚嗚嗚。」

而且在笑。

牛頭之物往岳母的大酒杯內斟酒後，岳母笑著喝下。

「欸喀喀喀喀喀。」

她邊笑邊呻吟。

「太燙了，太燙了。」

笑著如此呻吟。

口中發出火焰。

「噢，太燙了，太燙了。」

「可憐啊，可憐啊。」

「可憐啊，可憐啊。」

其他人都如此歡呼。

「眞不想在女婿入贅前死掉呀。」

「是呀，是呀。」眾人說。

仔細一看，女子的耳朵和鼻子都冒出煙霧。

岳父的耳朵和鼻孔也冒出煙霧，岳母的耳朵和鼻孔也冒出煙霧，不僅如此，其他喝下酒的眾人，耳朵和鼻孔也都冒出煙霧。

盛季繼續躲在暗處觀看，只見馬面之物和牛頭之物往眾人酒杯內斟入的，竟是通紅的銅液。

「你們姑爺呢？」岳父問。

他口中已燒焦，舌頭和臉頰內側的肉都一片黝黑。

「他還在睡。」

平日固定來接盛季的那名男子張開冒著黑煙的嘴巴答。

「他太累了。」岳父說。

「他太累了。」

「他太累了。」

眾人皆笑著說。

「你去叫醒他。」岳母說。

「是呀，去叫醒他。」

「去叫醒他。」

「我們必須讓姑爺也來喝這銅酒。」

「必須讓他喝。」

「必須讓他喝。」

「是的，是的。」

眾人起鬨。主角的女子微笑，張開黑色嘴巴答：

「是。」

「很燙喲。」

「很燙喲。」

「不過，那姑爺心地很好，應該會乖乖喝下吧。」

「應該會全部喝下吧。」

「因爲他心地很好。」

「難得可以找到那樣的姑爺。」

「他若不喝，我們就硬逼他喝下。」

「嗯，硬逼他喝下。」

有人如此建議，那名男子站起。

「那麼，我去看看姑爺的狀況。」

「噢，快去叫醒他，快去叫醒他。」

「嗯。」

男子站起，踉踉蹌蹌地跨出腳步。

盛季大吃一驚，跑回寢具處，拉起蓋被蒙住頭，假裝仍在熟睡。

腳步聲逐漸挨近，有人伸手觸摸了盛季的身體。

「盛季大人……」

那人搖動盛季的身體。

「請您起來，喂，盛季大人。」

然而，盛季逕自一直假裝仍在熟睡。

「怎麼了？」

「怎麼了？」

岳父和岳母的聲音響起。

「哎呀，我搖了盛季大人，仍叫不醒他。」

「怎麼會呢？」

「他應該已經睡得很飽了。」

男子的手又在搖盛季的身體。

盛季嚇得魂飛魄散。

他一逕繼續假裝熟睡。

「怎麼回事呢？」

岳父的聲音響起。

「眞奇怪。」

接著是岳母的聲音。

「姑爺的身體在顫抖。」

「果然沒錯。」

「怎麼會這樣呢？」

「或許，姑爺其實已經醒來了？」
「那他爲什麼在發抖？」
「或許……」
「或許什麼？」
「或許，姑爺看到我們那個了。」
「唔，也許他看到了。」
「所以他假裝仍在熟睡，身體卻在顫抖。」
「不管了，我們硬讓他喝下那個就好。」
「噢。只要捏住他的鼻子，他就不得不張嘴。等他張嘴，我們再灌進那個就好……」
「要是他不張嘴，不也可以從鼻孔灌進去嗎？」
「是呀。」
「是呀。」
盛季聽到這樣的聲音。
這時，女子聲音傳來。
「喂，盛季大人，您爲何發抖呢？」

盛季聽到女子聲音時，實在受不了，禁不住大叫一聲。
「哇！」
他大叫著跳起來。
「啊，喂。」
「姑爺，您要做什麼？」
盛季不理眾人怎麼說，逐一推倒眼前的人，拔腿就跑。
「您打算逃走嗎？」
「姑爺！」
聲音在盛季背後追來。
「等一等！」
「姑爺！」
「姑爺……」
然而，盛季不能止步。
他赤腳衝到外面，往前飛奔。
「就算您逃走了，我也會去接您過來。」
「您逃不掉的！」

盛季聽到如此聲音，卻沒有回頭。

他只是哇哇大喊一面直往前飛奔。

據說，不知跑了多久，待天亮後，盛季才發現身上只披著一件自己的淺蔥色圓領公卿便服[8]，近乎全身赤裸地走在西市附近。

事情如上所敘。

三

「我遭遇了以上的事。」

盛季對晴明和博雅說。

他又道，待回過神來，才發覺自己站在西市附近，這正是昨天早上發生的事。

盛季回到宅邸，換過衣服，卻不敢待在家裡。

「只要想到他們仍會來接我，我就嚇得要死、嚇得要死……」

盛季說他昨晚睡在一個相識的和尚所待的寺院正殿。

「請您救救我。」

8原文為「水干（すいかん，suikan）」。

盛季渾身打著哆嗦，當然不是因爲寒冷。

「我明白了。」

晴明點頭，接著問：

「話說回來，盛季大人當時穿的衣服，就是那件圓領公卿便服，現在在哪裡呢？」

「我想，應該還在我家。」

「好極了。那麼，我們先去拿那件衣服吧。」

「去我家？」

「是。」

「他們也知道我家在哪裡。我們這一去，不會有事嗎？」

「只要我在您身邊……」

晴明說畢，望向博雅說：

「事情變得如此，博雅大人，您打算怎麼辦？」

「什麼怎麼辦？」

「您願意和我們一起去嗎？」

「唔，嗯。」

「那麼，走吧。」
「走。」
「走。」
事情就這麼決定了。

四

牛拖著兩輛牛車，在雪地中喀登喀登沉重前行。
前面是晴明和博雅搭乘的牛車，盛季搭乘的牛車跟在後面。
雪還未停，一片接一片紛紛落在地面，逐漸堆積。
晴明和博雅搭乘的牛車前方，有樣東西搖來晃去地往前飄行，正是那件淺蔥色圓領公卿便服。
那件公卿便服並未穿在人身上。
明明沒有人，卻宛如有個隱形人穿著那件公卿便服，正在前行。
晴明跟在公卿便服後。
那件公卿便服肩頭也積了一層薄雪。

再過不久，一行人即將抵達西市。

晴明和博雅搭乘的牛車從盛季宅邸出發後，便一直跟著前行的公卿便服直至此地。

在盛季宅邸，僕從取出那件公卿便服，晴明在它背部貼上符紙。

上面寫著：

靈
宿
動

晴明將符紙貼在盛季的公卿便服背部，口中喃喃唸咒後，那件公卿便服即自然而然地站起，接著往前走。

此刻，牛車追蹤的正是那件公卿便服。

通過西市，再往前走一會兒，來到一棟四周圍著瓦頂泥牆、荒廢不堪的宅邸殘跡。泥牆內看上去像是森林，公卿便服從泥牆坍塌處進入。

晴明、博雅，以及盛季，依次下車，他們讓兩名隨從待在原地守候，再帶另外兩名隨從跟在衣服後。

宅邸的屋頂已掉落，柱子也倒下，往昔可能是一棟豪華宅邸，現在卻面目全非。

衣服在紛飛飄雪中繼續往前走，來到一棵大松樹樹根前，衣服止步，之後，宛如禁不住積雪的重量，飄然墜地。

「看來是這裡。」

晴明挪開衣服，發現地面有一雙鞋。

「這是？」晴明問。

「是我的鞋。」盛季一臉驚懼地答。

地面凸出好幾根粗大的松樹根，樹根處有燒焦痕跡。

「原來如此……」

晴明望著燒焦痕跡，一臉恍然大悟地點頭。

「喂，晴明，你弄明白了嗎？」

「不，還不到完全明白的程度。」

晴明向跟來的兩名隨從說：

「我們來時，途中有幾棟宅邸，你們代我去問幾件事。」

「要問什麼呢？」

「你們去問，那邊有一棟廢屋，裡面有一棵松樹，樹根有燒焦的痕跡，到底因何事而有燒焦痕跡呢？」

兩名隨從離開後，不久又回來。

「離這兒最近的宅邸有人在，那兒的人告訴了我們。」

隨從模仿對方說話的口吻道：

「那棟宅邸，近十年來都無人居住，任其荒廢，後來不知何時開始，貉子一家住了進去，牠們經常欺騙人類，對人類惡作劇。有一天，牠們的巢穴被人發現，就位在那棵松樹的樹根。為避免貉子一家繼續惡作劇，那些曾經上過當的人聚集起來，把燒得通紅的銅液灌進巢穴。這正是今年春天的事，裡面還混了一隻年輕的白雌貉。眾人似乎很想抓住那隻雌貉，剝下牠的皮，不過，那隻白貉應該也和牠的家人一起在巢內被燒爛了吧……」

隨從如是說。

「原來如此……」

晴明轉身問盛季：

「盛季大人，發生這件事之前，您在此地是否遇上什麼不尋常之事？」

「我想起來了，那天……就是從那男子送來寫有女子和歌的摺扇那天算起，再往前三天的事，我剛好有事路經這一帶。」

「是嗎？」

「那時，我看到有隻狗對著那邊坍塌的圍牆狂吠，圍牆上有隻貉子被追到走投無路，看那樣子，似乎想下也下不來。就在那一刻，那隻貉子用很悲哀的眼神望向我，我情不自禁朝狗大喝一聲，狗轉頭望向我，圍牆上的貉子趁機一溜煙跑下圍牆，最後消失不知所蹤。」

「看來，原因便在這點上。」

「晴明啊，這點又是什麼事？」

「有關這點，博雅大人，我認爲您還是直接問對方好了……」

「直接？」

「所幸這兒有盛季大人穿過的公卿便服。我想，該女子應該也摸過這件衣服……」

晴明邊說，邊鬆開手中的淺蔥色圓領公卿便服，用它輕飄飄地蓋住燒焦的松樹樹根，再伸出手掌貼在衣服上，小聲唸起咒語。

晴明邊唸咒，邊舉起原本貼著衣服的手掌，衣服宛如配合他手的動作般

掀舉起來，最後直立在當場。

晴明唸完咒語後，樹根處出現一名身穿白色窄袖便服的女子，像是披蓋著公卿便服般站了起來。

「妳、妳是!?」

盛季看到那女子，情不自禁後退幾步。

「盛季大人，這回讓您受驚嚇，實在抱歉。」

女子開口。

「蒙您救下一命的那隻貉子，是我們僥倖存活的族人。我們的巢穴被灌入燒得通紅的銅液，大家都被燒爛，失去性命，也都因憎恨人類而逗留在這世間，但是，我們從那隻貉子口中得知您的事後，便極度渴望您能陪我們步上黃泉路。」

女子凝望盛季。

「正巧，我原本打算要在從我命喪之日算起第四十九天，和同族的貉子結為夫妻，離開這裡，到外面尋求新巢。正當我心心念念著不能得遂前願，即被人殺死，也無法生下子嗣的時候，我遇上了盛季大人您。」

紛飛不止的雪，積在女子身披的公卿便服上，碰到女子的身體和手臂時，卻通行無阻地穿過。

女子在飄雪中繼續道：

「我們本來打算讓您在睡夢中喝下燒紅的銅液，奪走您的性命，帶您離開，卻無法如願。可如今，我倒認為這樣反而很好……」

女子在飄雪中望向盛季，露出寂寞的微笑。

接著，女子消失，衣服輕盈地落在雪上。

「等、等等……」

盛季伸出手，但女子已不見蹤影。

只有紛飛的飄雪往松樹樹根不停堆積。

五

待積雪融化，人們挖掘那棵松樹樹根附近，果然發現了貉子巢穴，裡面出現十二隻貉子屍骸。

雖然每隻都被燒爛了，但據說，其中有一隻雌貉還很年輕。

女者 攖閣

一

櫻花即將凋落。

開得密密麻麻的櫻花瓣，重得令樹枝往下低垂。

盛開的花充溢在陽光中，花瓣看似隨時都會從樹枝自然飄落。

晴明宅邸庭院中的那棵老櫻樹，開著宛如豐碩果實的花。

晴明和博雅坐在窄廊上，一面觀賞那棵櫻樹，一面飲酒。

晴明背倚一根柱子，豎起單膝，邊將酒杯送到嘴邊，邊觀看櫻花。

博雅則一下望著櫻花，一下又仰頭觀看在櫻花上方廣闊高空吹拂的風，繼而啜飲著酒。

方才兩人剛開始喝酒那時，花瓣還未飄落，不知何時起，花瓣已一片、又一片飄離樹枝。

兩人閒閒喝酒，櫻花亦閒閒飄落。

「我說，晴明啊……」

博雅喝乾杯內的酒，嘆口氣同時說。

「什麼事？博雅。」

晴明擱下早已喝光的空酒杯，蜜蟲立即往杯內斟酒。

「看著那樣飄落的櫻花花瓣，該怎麼形容才好呢，我總覺得好像在觀看人心……」

「人心？」

「說是人心，唔，或許說是心思比較恰當。」

「什麼意思？」

「人的內心，不是會萌生好幾種心思嗎？就跟那些花瓣一樣……」

「嗯。」

「可是，那些心思，不可能永遠停駐人心。那些心思會像那些花瓣一樣，在不知不覺中，離開人心而散去。待我們察覺時，花已經消逝，季節也在轉移……」

「博雅啊，你是不是戀愛了？」

晴明的紅脣兩端含著微笑。

「戀、戀愛？」

「是的。你是不是有了心上人？」

「你沒頭沒腦地說什麼話？我不是在說這個……」
「那你在說哪個？」
「你問我在說哪個，我也答不出。我不是在說人心嗎？」
「難道不能提戀愛的事？」
「不是不能。雖然不是不能，可是……」
「可是，怎麼了？」
「消失了。」
「消失？」
「你一提到戀愛，之前還在我心裡的那些感慨全消失了。」
「原來花瓣飄落了……」
「是你搖了樹枝。」
「博雅，對不起。」
「你向我道歉也沒用。已然飄落的花瓣，不會再回到樹枝上。」
「這正是大自然的法則嘛。」
脣角仍帶著微笑的晴明，端起蜜蟲爲他斟上酒的杯子，送至嘴邊。
「算了。你還是趕緊說你的事情吧……」

博雅不滿地噘著嘴脣。

「事情？」

「你找我一起喝酒時，不是說，有事想拜託我嗎……」

「是櫻花的事。」

晴明擱下酒杯，望著博雅。

「櫻花？」

「你認識橘花麻呂大人嗎？」

「當然認識。橘大人雖於去年秋季過世，但他生前相當於雅樂寮[1]的主人，可是非常有名的撫琴高手……」

「他有位千金，名叫透子。」

「算起來，透子小姐今年應有十七歲，雖然還很年輕，但聽說和她父親一樣，都是撫琴高手……」

「正是這位透子小姐，她失蹤了。」

「失蹤了？」

「嗯。據說，昨天她在櫻花樹下彈琴，結果只留下琴，她本人卻失去蹤影。」

---

1 「雅樂」意為相對於俗樂的「雅正之樂」。西元七〇一年，日本依據大寶律令設立司掌朝廷音樂的公家單位，是為「雅樂寮」，也是國家首間依法設置的音樂學校。掌管音樂包括朝鮮半島傳來的三韓樂、中國的唐樂、舞蹈以及日本古來樂舞（國風歌舞），即為雅樂。

「什麼！」

事情如下所敘。

二

昨天中午，透子說要彈琴。

她吩咐家裡人取出父親橘花麻呂生前所用的一把名爲天絃的琴。

「將這把琴放在桃實下。」

她向家裡人如此說。

桃實是庭院裡的一棵老櫻，此時正逢盛開時節。

「我老早就想在這棵櫻樹下彈一次天絃。」

透子的雙頰看似微微泛起紅暈。

家裡人立即在櫻樹下鋪上緋紅毛氈，再把琴擱在毛氈上。

「我想獨自一人彈，你們暫時都不要過來。」

由於透子這麼說，於是沒有人接近透子彈琴所在的庭院。

不過，琴聲倒是聽得到。

家裡人各司其職，一面忙著做自己的事，一面聆聽小姐彈奏的琴聲，不料，不知何時，琴聲竟倏地停止。

家裡的人詫異地側耳靜聽，卻始終聽不到琴聲再度傳來。

於是，家裡人便到院中探看，只見盛開櫻樹下的緋紅毛氈上，僅留下一把琴，透子則失去蹤影。

家裡的人起初認爲透子或許有事暫時離開，豈知，無論等多久，都不見透子回來。

「雖然不知她去了哪裡，但應該都在宅邸內。」

眾人在宅邸內找了半天，仍尋不著透子。

不僅地板下[2]、池子中，連樹木和庭園山石後面，甚至屋頂上都找遍了，依舊找不著透子。

「是她自己離開了宅邸？還是有人帶她出去了……」

雖然也考慮過這點，但大門始終關著，而且那兒有人在。那人也說，別說透子，沒有任何一人進出過大門。

倘若透子眞出門了，那麼，無論是她自己出門或有人帶她出門，肯定都不曾經由大門，而是直接翻牆出去。

2原文為「床下（ゆかした，yukashita）」，即「地板」。日式建築多架高建造，房屋地板與地面間有空隙。

最後，眾人束手無措——

三

「所以，博雅啊，橘貴通大人就來央求我設法解決。」晴明說。

橘貴通——橘花麻呂的長子，花麻呂過世後，他一直負責照顧透子。兩人雖非一母所出，他仍算是透子的哥哥。

「可是，晴明啊，透子小姐失蹤這事雖然重大，但是，貴通大人爲何因這件事而特地來你這兒呢？」

「博雅，你不知道嗎？」

「知道什麼？」

「那棵櫻樹，除了『桃實』這個名字，還另外有個別稱，叫做不凋落之櫻……」

「這我倒不知道。你說來聽聽。」

「那棵櫻樹啊，即使花季結束，也會留下一朵不凋落的花。」

「只有一朵？」

「嗯，只有一朵，不凋落。」

每逢春季，櫻樹會開花。

之後，其他櫻花都會隨風飄散，只有一朵花不凋落。

再之後，長出葉子，綠葉隨即埋沒那朵花，讓人忘記它的存在；到了秋天，葉子轉紅，再到冬天落葉時，就會發現那朵花仍留在樹上。

翌年，春天再度降臨，櫻花再度盛開，那朵花會被新開的花埋沒，分不出到底是哪一朵，待花謝時，會發現樹上又留下那朵花……

「說起來，那棵櫻樹正有此異乎尋常之處。不可思議的是，明明是櫻樹，爲何取『桃』字命名爲『桃實』？既然如此，當然就得由我出面嘍。再說，我和貴通大人談了一會兒，他似乎仍有事瞞著我……」

「他瞞著什麼事？」

「正因爲不知道他瞞著什麼事，博雅啊，我才叫你過來一趟。」

「你的意思是，要我做些什麼嗎？」

「是的。」

「要我做什麼？」

「不是很難的事。」

「什麼事？」
「我要你聽聽櫻樹。」
「聽櫻樹？」
「唔，總之，去了你就明白。」
「……」
「我已經答應對方，今天去一趟……」
「唔……」
「你打算怎樣？」
「唔、唔……」
「去嗎？」
「唔、嗯。」
「走。」
「走。」
事情就這麼決定了。

四

「可是，透子小姐爲何想在櫻樹下彈琴呢？」晴明問。

「透子很久以前就想在櫻樹下彈琴，只是，家父他……」

貴通看似難以啓齒地開口。

據說，橘花麻呂曾阻止道：

「不行。」

之後一直禁止透子在櫻樹下彈琴。

「花麻呂大人過世後，再沒有人禁止，因此，透子小姐才在櫻樹下彈琴嗎……」

「是的。」貴通點頭。

「可是，花麻呂大人爲何禁止透子小姐在櫻樹下彈琴呢？」

「這個，那個……」貴通支支吾吾。

「您是否有難言之隱？」

「也不是。我完全推測不出理由，但家父花麻呂可能有他的理由吧。」

「原來如此。」
「由於家父禁止，因此，昨天要是我在場，我一定會阻止透子彈琴。」
「您昨天不在家嗎？」
「我有事出門了。」
「透子小姐過去有沒有趁貴通大人不在家時，偷偷彈琴呢？」
「這……」
「透子小姐當時彈的是什麼曲子？」
「這個，不得而知。」
「不得而知？」
「是。」
「大家不是都聽到琴聲了嗎？」
「聽到了，但沒有人知道彈的是什麼曲子。若是一般曲子，多少還有人懂……」
「您是說，透子小姐彈的是很稀罕的曲子……」
「這個，要是我在家就好了，實在很難回答……」
貴通一臉困惑地望著晴明。

「貴通大人。」

此時，開口的是博雅。

「透子小姐的母親，是在數年前過世的吧？」博雅問。

「是四年前過世的。她不是我的生母。是家母過世後，家父花麻呂再娶的續絃。」

貴通剛說畢，晴明馬上接道：

「總之，能不能先讓我們看看那棵櫻樹……」

五

一行人來到庭院時，已是傍晚。

眼前有棵盛開的老櫻樹，樹下鋪著緋紅毛氈，毛氈上擱著一把琴。

「昨天起都沒有下雨，所以將此處保持原狀不動。」貴通說。

「這棵樹就是那棵不凋落的櫻樹桃實嗎？」晴明問。

晴明伸手自懷中取出一枝約七寸半長的竹筒。

「這是什麼？」博雅問。

「是竹筒。」晴明答。

「我知道是竹筒，可是……」

竹筒一端剛好在竹節處切斷，另一端在竹節前切斷，看似可以盛水也可以裝任何東西。

再仔細一看，竹筒側面靠近竹節之處，有個小洞。

小洞上貼著寫有細小文字的白紙。

聽如語如疾疾言言

看上去像是符紙之類。

「方才貴通大人說的話，其實我昨天便已經聽過。我想，應該用得著這樣東西，所以已事先備好。」

晴明望向博雅。

「透子小姐到底彈了什麼曲子，我們就用這個竹筒確認看看。」

「這種事辦得到嗎……」

「若是借用琵琶、吹笛名家博雅大人的耳朵的話……」

「我的耳朵？」

「剛長出的嫩葉，剛盛開的花，其葉脈和花脈都有錄下四周聲音的功能。」

「脈？」

「所謂聲音，本來就是一種震動。琵琶和琴的聲音，是絃的震動。笛聲則爲竹子的震動。就如彈琴人鬆手後，絃仍會持續震動一陣子，同理，葉子和花也會將震動存留在其中……」

「你是說，我們能夠聽到那震動……」

「能。」

晴明邊說邊伸出手，自頭上的樹枝摘下幾朵櫻花。

再將櫻花放入竹筒內。

「博雅大人，您能不能將耳朵貼在這邊的竹筒開口處？」

博雅從晴明手中接過竹筒。

「這、這樣嗎……」

他歪著頭，把耳朵貼在竹筒上。

晴明伸出右手食指和中指，貼在竹筒，口中輕聲唸起咒語。

「什、什麼都聽不到……」

博雅起初一副莫名其妙的表情——

「咦，這是，風聲嗎……」

接著喃喃自語起來。

風吹進靠近竹節的小洞，隱約可以聽到聲音。

不久，聲音中混雜有類似絃的震動聲，那聲音非常輕微，甚至比花瓣的嘆息聲還要幽微，總之竹筒內有某種聲音在響。

「不可能吧？會不會是我聽錯了，這是……」

博雅停止喃喃自語，閉上雙眼。

「啊，這聲音，太美了……」博雅低語。

他陶醉地閉上眼睛，似乎在傾聽某種樂音。

過一會兒——

「這不是〈櫻散光〉嗎……」

博雅睜開眼睛。

「〈櫻散光〉？」晴明問。

「大概是二十多年前的事吧，這是花麻呂大人所作的琴祕曲。大人將在春光中凋落的櫻花情景，作成了一首曲子……我也……哦，不，鄙人[3]年輕時也聽過好幾次。可是，不知爲何，之後花麻呂大人竟封印起這首曲子，他自己也不再彈奏，其他人也自然而然就不彈了……」

博雅剛說完，有人叫出聲。

「噢……」

是橘貴通。

「博雅大人，您果然還記得這首曲子……」

那聲音充滿悲痛。

四周早已昏暗。

家裡人提著燈火過來。

藉著那燈火細看，貴通僵著一張臉。

這時——

呵、

呵、

響起一陣輕微笑聲。

呵呵、

3 博雅在此處原本使用私下場合、比較隨便的同輩間自稱「俺」，後來改口用比較正式的自稱「私」。

呵呵、
呵呵、
呵呵、
無數的笑聲。
那些竊竊私語般的無數輕微笑聲，也自頭上傳來。
博雅仰頭觀看。
「啊……」
他倒抽了一口氣。
在火焰亮光中仰頭一看，竟然看見櫻花中有無數張人的笑臉。
是美麗女子的笑臉。
呵呵、
呵呵、
而且，女子竟然一面笑、一面哭。
待眾人定睛看時，只見樹上所有櫻花花瓣都變成女子容顏，正發出宛如花瓣隨風簌簌搖動的輕微笑聲。

六

「您能告訴我們事情原委嗎？」

回到屋內後，晴明開口問。

房內點上燈火，晴明和博雅兩人與貴通相對而坐。

由於已讓眾人退下，房內沒有其他人。

「是。」

貴通點頭，開始述說。

「方才在櫻花中浮出的，是已故家母的臉。」

聲音很低，卻隱含著決意。

「家母在二十三年前過世。當時，家父已在雅樂寮任職，日日夜夜爲了雅樂忙得不可開交。那時的我，雖然還不到十歲，卻從未有過和家父面對面好好談一番話的記憶……」

七

發狂般迷上某種物事——

人有時會陷於這種情況，家父花麻呂正是發狂般迷上了雅樂。

我們經常形容妖鬼爲「物」，說起來，家父花麻呂正是受到外物鬼迷心竅，喪失理智。

家父花麻呂在雅樂寮時當然不在話下，回到家裡也盡想著雅樂的事，尤其特別醉心於作曲。那時，他幾乎將全副心神注入方才博雅大人提起的曲子〈櫻散光〉上。

一旦浮出曲子的構想，家父會以驚人速度完成一首曲子。

但是，只有〈櫻散光〉這首曲子極不順手。

他有曲子的構想。

而且那調子有時會浮在眼前，彷彿伸手可及，卻不知爲何，遲遲無法譜成曲子。

我父親爲此茶飯不思，後來逐漸無法進食，眨眼間便瘦得只剩皮包骨。

早上出門進宮也十分困難，甚至無法單獨一人搭車，看似隨時都會離開這個人世」。

或許他眞的被妖鬼附身了吧。

櫻花花季結束時，曲子仍未完成，如此過了一年，再度迎接第二年花季時，曲子依舊無法完成。

「啊，在這櫻花凋落之前，曲子仍無法完成的話，我大概只有死路一條了。」

家父左思右想想不開，無奈直至櫻花盛開並開始凋落時，他仍無法完成曲子。

這期間，家父當然一次也沒有去探訪家母，家母本來以爲他另結新歡，都前往新歡之處，後來才明白是爲了櫻花曲。

「若是另結新歡，那還說得過去，萬萬沒想到對手竟是櫻花……」

於是，這回家母發狂了。

「對手是櫻花，這不是很好嗎……」

「根本沒有必要計較嘛。」

在家母身邊服侍的人都如此安慰她，但家母似乎無法理解這個理所當然

的道理。

「我恨櫻花。」

她遂變得如此。

事後有人對我說，家母當時嘆道：

「既然如此，我便心執一念，讓庭院的櫻花永不凋落。我要讓他每次看到櫻花，必會想起我……」

據傳家母這樣說後，終於在這宅邸庭院的櫻樹枝上自縊身亡。

之後，櫻花凋落，然而，僅有一朵櫻花留在樹上，始終不飄散。

家父花麻呂正是看到樹上僅存的這朵櫻花，好不容易才完成了上述的曲子。

可是，對家父來說，這首曲子竟成爲罪孽回憶的代表。

因此，這首祕曲〈櫻散光〉才會彈不到幾次便被封印，成爲這宅邸——尤其在那棵桃實櫻樹附近，永不再被彈起的曲子。

透子之所以會失蹤，或許正因爲她在那棵櫻樹下彈了這首〈櫻散光〉。

我必須盡全力找出透子——於是我前去向晴明大人求救，只是，事情牽扯到我家這樁祕事，我無法當場和盤托出，內心實感進退兩難。

八

翌日中午，晴明、博雅、貴通三人聚集在那棵老櫻樹下。

樹下已鋪好緋紅毛氈，並擱上一把琴。

是七絃琴。

明亮的陽光映在櫻花上，也映在那把琴上。

櫻花在陽光中靜靜飄落。

「博雅大人，請您開始彈琴……」晴明說。

「嗯……」

博雅點頭，脫去鞋子，步上毛氈。

他坐在琴前，用指尖觸摸琴絃，確認絃的鬆緊。

繼而用指甲彈動絃，進行調音。

過一會兒，大概一切都就緒，博雅仰頭望向晴明，無言地點點頭。

「請……」

晴明點頭，博雅拉回視線，望向琴，再輕輕吸了一口氣，接著徐徐將指

尖擱上琴絃。

戀。

指尖發出絃音。

博雅的指尖再度撥弄琴絃。

戀。

戀。

指尖又發出絃音。

之後接二連三地發出琤、琤聲。

博雅開始彈起曲子了。

是〈櫻散光〉。

曲子一開始，櫻花即改變之前的凋落速度。

琴音依次觸碰每一枚櫻花花瓣，花瓣接觸到琴音，立即飄落。

花瓣在陽光中簌簌飄落。

飄落在博雅身上，也飄落在琴身上。

接二連三、接二連三……

「這麼多……」貴通發出叫聲。

「櫻花在陽光中飄散……這曲子描述的正是此番光景……」

晴明說畢，高舉雙手。

晴明身上的白色狩衣[4]寬袖也隨之翩然翻飛而起，繼而吹起一陣風，宛如袖子掀起風那般。

靜靜在半空飛舞的無數花瓣，隨著那陣風，飛升向天空。

戀。

博雅撫琴。

櫻花飄散。

數量多得無可計數。

風，將花瓣送上青空。

戀。

戀。

戀。

櫻花花瓣在陽光中接二連三被捲上天空。

---

4 原為狩獵時所穿的衣服，於平安時代演變為貴族平日所穿的便服。

分不清被捲上天的到底是櫻花花瓣，或是博雅指尖彈出的琴音。

琴音和花瓣在陽光中閃耀。

高高的天空上，花瓣在陽光中交相紛飛，琴音燦爛地閃閃舞動。

青空中，花瓣、陽光、琴音均渾然一體，已無法分辨彼此。只見花瓣在青色虛空中閃閃發光。琴音燦爛飛舞。

不久，博雅停止彈琴時，那棵櫻樹——亦即名爲桃實的櫻樹，上頭的花瓣幾乎散落殆盡。

「噢，在那邊？」貴通開口。

花瓣已掉光的櫻樹中央——樹枝與樹枝間，橫躺著一名女子。

「透子！」貴通呼喚。

正是透子。

家裡人抬下透子，讓她躺在毛氈上後，透子突然睜開雙眼。

透子霍地抬起上半身，望向晴明。

「是你讓花瓣飄落的嗎……」透子問。

「是。」

晴明點頭。

「您不是透子小姐吧？」
晴明問透子。
「原來你看得出……」
「您是貴通大人的母親吧？」
「沒錯。」附在透子身上的那「物」說。
「母、母親大人……」
貴通情不自禁叫喚。
「您爲何要做出這種事呢？難道您眞如此憎恨父親大人嗎……」
「不……」貴通的母親說。
「既然不是，那到底爲什麼……」
「我確實憎恨過只顧沉迷雅樂，對我完全視而不見的花麻呂大人。身爲女人，絲毫得不到丈夫探訪關愛，是一件極爲痛苦的事……」
貴通的母親借用透子的聲音說。
「可是，我更擔憂的是花麻呂大人。我想，既然得不到大人的眷顧，不如化爲一朵櫻花，將一己性命獻給花麻呂大人。若能達成願望，讓大人完成曲子，我便能活在那首曲子中。若願望無法達成，花麻呂大人想必也無法再

活下去，我們便能在黃泉彼岸再續前緣……」

「所以您才在那棵櫻樹上……」

「是的。只是，我生前唯一念念不忘的是，我無法親耳聽到完成的曲子〈櫻散光〉。我始終盼望能聽到這首曲子，後來不知透子是不是領會到我的心願，她竟然說想在櫻樹下彈琴，今年春天，正是兩天前，我終於如願以償……」

「原來……」

「此刻，我已了無牽掛。生在這世間，只要達成一、兩件心願，應該算是死亦無憾了吧……」

最後一句話，貴通的母親似乎是說給自己聽那般。

呵。

透子的嘴脣浮現櫻花瓣似的笑容，隨即閉上眼睛。

博雅抱住透子搖搖晃晃倒下的身體。

透子閉著眼睛，在博雅懷中呼呼睡得看似很香。

枝頭那朵僅存的櫻花，隨著吹來的風，分散爲五片花瓣，飄離樹梢。

九

「原來發生過那種事……」

博雅在窄廊上喃喃自語。

此處是晴明宅邸。

兩人正閒閒地喝酒。

櫻花也正閒閒地飄落。

「對了，晴明啊，我還有一件事不明白……」

「什麼事？博雅。」

「那棵櫻樹，爲什麼取名爲『桃實』呢？我忘了問貴通大人。」

「原來是這件事。」

「怎麼？晴明，原來你早已知道原因？」

「也不是早已知道。我只是猜想，事情應該如此。」

「你怎麼猜想？」

「據我所知，應該是貴通大人的母親在那櫻樹上逝去後，人們才稱其爲

『桃實』……」

「是嗎……」

「『桃實』的『實』這個字，還有什麼其他讀音呢？」

「『實』？是不是也能讀做『實』？」

「沒錯。這『實』，亦與『三』同音[5]。」

「什麼？」

「將三分而爲二，便是『一』與『二』……」

「唔、嗯。」

「而『桃實』的『桃』若讀成和音，則與『百』同音[6]。之後，將剛才的『一』擱在『桃』字，也就是『百』字中，便成爲『𦣻』。再爲這個『𦣻』字上頭加上『二』……就是加上兩點，即爲『首』。」

「什……」

「最初，人們稱那棵自縊其首的櫻樹爲『首櫻』，後來因爲忌諱，不知不覺中便改稱爲『桃實』吧……」

晴明說完，啜了一口杯中的酒。

「原來如此……」

---

5 日文中，「實」字可讀為「jitsu」或「mi」，而「三」亦可讀為「mi」。

6 日文中，「桃」之讀音為tou，和音則為momo，與「百」同音。

博雅點頭。

「原來人這種生物，爲了忘卻悲傷，往往利用各式各樣語言的花瓣來將其隱藏啊……」

櫻花，依舊閒閒地飄落。

首大臣

一

梅雨期還未結束。

柔軟的毛毛細雨下個不停。

蟾蜍在庭院的濕潤草叢中慢吞吞地爬動。

櫻樹、楓樹、松樹的綠葉，以及鴨跖草[1]、萱草的葉子都被雨淋得發亮。由於沒有風，葉子和草叢幾乎絲毫不動。若雨滴大一點，葉子和草叢遭落雨敲擊時，或許會晃動；但此刻的雨如針那般細，即使雨滴落在其上，葉子和草叢也不晃動。

唯獨積存在葉尖的雨滴逐漸膨起而掉落時，失去承重的葉子才會翹起並搖晃。而當掉落的雨滴擊中底下的葉子或草叢時，葉子和草叢也才會晃動。

晴明宅邸庭院中在動的東西，只有上述那些葉子和草叢，以及正在爬行的蟾蜍。

晴明和博雅坐在窄廊上，正在喝酒。

晴明身上披著白色狩衣。

---

1 原文為「露草」（つゆくさ，tsuyukusa），學名*Commelina communi*，一年生草本，鴨跖草科（Commelinaceae），高約三十公分，夏天為花期。花瓣藍色，瓣三枚。平地至中海拔水溝邊、沼澤、潮濕路旁較為常見。

狩衣吸收了大氣中的濕潤水分，按理說應該會加重些，但穿在晴明身上，看上去竟輕得即使一絲微風也會令袖子翩翩翻飛。

博雅穿著黑袍[2]。

「晴明啊，眞希望這梅雨快點結束……」

博雅喝乾了杯裡的酒，喃喃自語。

「雖然這種雨也別有一番風情，但下得這麼久，會令我特別想念起月亮的存在。今晚是十六的月色吧……」

博雅擱下酒杯。

一旁的蜜蟲往博雅的空杯內斟酒。

博雅自屋簷下仰頭望向灑落梅雨的天空，嘆了一口氣。

看來博雅仰頭望去的方向，正是那看不見的月亮於夜晚時大約會高掛的位置。

「十五的滿月當然很美，不過，剛出現缺口的月亮，也別有一番風情……」

晴明剛說完話的紅唇，同時含著酒與微笑。

「月亮有了缺口後，再逐漸消失，她這樣的姿態總令人心疼，確實富有

---

2 日本平安時代四品以上官員的服色，把深紫色一直加深結果形成近乎黑的顏色，故名。

情趣……」

博雅點頭。

「博雅啊，雖然我形容爲剛出現缺口的月亮，但月亮逐漸消失的狀態，其實只是看上去那樣而已，實際上月亮並不會漸次消失。那是月亮逐漸躲進自己影子中的一種大自然現象，月亮本身無論如何總保持著我們所見的那個圓形姿態。」

「是嗎……」

博雅點頭。

「晴明啊，你說的或許沒有錯，但是你這種說法，該怎麼說呢，我總覺得好像欠缺了一點情趣……」

博雅自言自語般說。

接著，博雅再度端起酒杯送至脣邊。

「你這句話，或許只是站在天文博士安倍晴明的立場，若無其事地說出而已，但在我聽來，總覺得沒意思……」

說完，博雅喝乾杯中酒。

「話說回來，博雅啊……」

晴明似乎想起某事，開口說。

「什麼事？晴明……」

「我還沒有向你說明一件事，其實東三条[3]大人今天會來此。」

「兼家大人……」

東三条大人指太政大臣藤原兼家。

「他爲什麼要來？」

「好像有什麼緊急事。今天早上，他遣人送來信息，說有十萬火急的事，必須要見我……」

「是嗎……」

「我回道今天和源博雅大人有約，結果對方說，如果源博雅大人首肯，兩人一起見面也可以，因此我便同意讓對方來，你不介意吧……」

「我不介意，可是，到底是什麼事？」

「這個，其實我也不大清楚。」

「對方既然是兼家大人，是不是他和某位小姐之間發生了什麼麻煩事，來向你求救？」

「如果只是男女間的戀情問題，他不可能特地前來我這裡。」

---

3 東三条指平安時代平安京左京區三条三坊跨南北一、二兩町所建的宅院，是攝關家（藤原家嫡系）當家的主要住宅之一。時人會以居所代稱其主。

「那到底是什麼事？」

「你直接聽他本人怎麼說吧。車子好像已經來到外頭了……」

晴明說畢，過一會兒，蜜夜來通報道：

「藤原兼家大人此刻已抵達……」

二

然而，來人並非兼家。

帶著隨從一起前來的人，是名二十出頭，丰神磊落的年輕男子。

「在下是道長。」

年輕男子說。

藤原道長——兼家的兒子，日後被稱爲御堂關白[4]，是位大權獨攬的人物。

「初次見面。久仰大名。」

道長畢恭畢敬地向晴明打招呼。

「好久沒見到博雅大人了……」

4「關白」為公家（貴族）的最頂點職位，代替天皇行使政治。但並非攝政，基本上最終裁決權仍歸天皇，由兩方討論取得共識來推行政務。「御堂」指寺院的本堂，「御堂關白」指「法成寺無量壽院之關白」，因道長晚年致力於建造法成寺故有此名，實際上他並未擔任過關白一職。

並向博雅俯首道安。

仔細一看，三名隨從中，有一名雙手捧著以錦緞包覆的四方形大包裹。

眾人轉移陣地，離開窄廊，進入內室，之後，道長屏退隨從。

房裡只剩下晴明、博雅、道長三人。

蜜蟲和蜜夜也退出房間。

剛才讓隨從捧著的錦緞包裹，就擱在道長面前。

「您來此有何貴幹呢？」晴明問。

「有關此事，我想，還是讓家父兼家直接向您說明比較好。」

道長說完，動手解開包裹。

裡面出現一個以未塗裝木材製成的盒子。

「請看……」

道長如是說，接著掀起盒蓋——

「唔……」

博雅發出叫聲。

原來盒子內盛裝的是人頭。

「兼家大人……」博雅道。

盒子底下有墊底的低矮臺座，擱在臺座上的，正是博雅和晴明都熟悉的那位藤原兼家的頭顱。

而且——

「喲，晴明啊，不好意思，竟讓你看到我這副樣子……」

頭顱不但還活著，並且會動，也會開口說話。

「前兩天早上，我聽到有人在呼喚我，我循聲音過去一看，竟變成這樣子……」

道長以平板的聲音說。

三

據說那天早上——

「道長……」

道長聽到兼家的叫喚。

「喂，道長，你來一下。快來啊！」

道長是兼家的第五個兒子。

道長另有兩個同母所出的兄弟道隆、道兼，但那天只有道長一人在家。

因此兼家才會叫喚道長。

兼家似乎很焦急，大聲叫喚，卻同時又深恐別人聽到般壓低聲音。而且那聲音聽起來明顯很急迫。

道長快步前往兼家的房間，看到兼家在寢具內露出頭臉，正望著房外。奇怪的是，蓋在兼家身上的被子竟然一片平坦。一般說來，蓋在人身上的被子應該鼓起人的形狀才對。但兼家身上的被子完全沒有鼓起。

「父親大人，您怎麼了……」

道長跪坐在兼家枕邊，翻開被子後，才發現兼家的頭顱下沒有身體。

「父親大人，這到底是怎麼回事？」

道長驚訝地問。

「您怎麼會變成這個樣子？到底發生了什麼……」

「我怎麼會知道。」

兼家雖很驚慌，仍向道長說明原因。

「我醒來後，就已經變成這個樣子了。」

按理說，只剩一顆頭顱的話，應該會死。

但是，兼家卻活著。

不僅如此，他絲毫不感痛楚。傷口也沒流出一滴血。這點很不可思議。

之後，兼家發出呻吟。

「熱啊……」

「熱啊……」

兼家說，他全身熱了起來，宛如被火烘烤。

可是，那個熱得很的身體並不存在。

不久。

「痛啊……」

「痛啊……」

兼家又發出呻吟。

「我全身痛得好像被尖槍刺穿一樣……」

雖然如此，道長卻束手無策。

「在地獄的火焰山遭烘烤，在針山爬滾，原來竟是這種滋味？」

呻吟大叫了一陣子，熱和痛的感覺似乎不知不覺間退去，可是，只剩一顆頭顱的事實仍不變，束手無策的狀況也不變。

「要不要請藥師或和尚前來？」
道長問。
「不用。我不想讓別人看到我這副模樣。」
兼家說。
在兩人都不知如何是好的狀況下，日頭逐漸偏西。
「熱啊……」
「熱啊……」
兼家再度呻吟起來。
「痛啊……」
「痛啊……」
也和早上一樣哭訴痛楚。
第二天，情況依舊，而且事情再也瞞不下去了。
兼家起初很不願意讓別人看到自己目前的模樣。
「如果是生了某種病，應該請藥師來；若是邪惡的咒術，我認爲最好請和尚或陰陽師看一下比較好……」
道長勸說。

「萬一讓別人看到我這個樣子，傳了出去，我以後要怎麼進宮啊。」

兼家不答應。

「既是突然變成這樣，說不定到了明天，又會突然恢復原狀吧……」

然而，過了一天，兼家依舊沒有恢復原狀。

第二天請了和尚前來，仍無法解決，終於到了第三天——

「對了，叫晴明來，去叫安倍晴明來……」

兼家如此說。

「這種事情交給晴明最適合。去叫晴明來。不，不用叫他來。我們主動去找晴明……」

於是，他們立刻遣人送書信給晴明。

「這正是我們今天來此的緣由。」

道長說。

四

「您有什麼頭緒嗎？」

晴明問兼家。

「沒有。」

兼家即刻答。

「不過，即使當事人毫無所覺，就旁人眼光來看，或許可以察覺到某些端倪。多麼細微的瑣事都無所謂，您能不能說說看……」

「沒有。」

「眞的沒有？」

晴明俯視兼家的臉。

「晴明，你不該用這種眼神看人……」

兼家無法垂下頭或別開臉以躲避晴明的注視。

他只能轉移視線。

「您有沒有接觸過什麼不好的東西呢？」

「……晴明啊，你不用說三道四，快幫我想個辦法好不好？你的話，等於在說：如果我這種情況是一種負傷，要是病人不說出負傷的理由，你就沒法醫治，不是嗎？不管病人是因跌倒傷到手臂，或自己弄傷手臂，你應該都有辦法醫治傷口吧？」

兼家把視線瞥向一旁說。

「兼家大人。」

晴明把臉移至兼家視線的前方，對兼家說：

「您不能這樣耍賴不聽話。」

「……」

「看來您心裡有數。」

「有……」

兼家只能點頭。

「到底發生了什麼事？」

「是紀長谷雄大臣……」

「是那位文章博士？」

「是的。」

紀長谷雄——

生於承和十二（八四五）年的文人——早於晴明的時代相當久。

他是菅原道眞的門生之一，早已離開這個人世。

學遍九流，藝通百家，就任朝廷要職。

某古籍如此記載。

「長、長谷雄大臣在朱雀門上和妖鬼玩雙六[5]的故事，你知道吧？」兼家問。

「知道。」晴明點頭。

「聽說長谷雄大人贏了那盤棋，得到了絕世美女……」博雅插嘴。

長谷雄大臣得到美女時，妖鬼還特地提出警告：

「你聽好，無論發生什麼事，在一百天內，你絕對不能動女子一根汗毛。」

然而，第八十天夜晚，長谷雄大臣終於忍不住觸碰了該女子。

結果，該女子的軀體當場化爲水，只留下衣服，融化得無影無蹤。

妖鬼來到現場後，潸然淚下說：

「哎呀，你怎麼做出這種事呢？你爲何不守約呢？那女子，是我蒐集了一千具女屍，再從中取出最完美的地方，好不容易才製成的傑作哪。你只要再忍耐一陣子，那女子便可以成爲眞正的活人呀。」

---

5 日本傳統桌上棋盤遊戲，遊戲的人擲骰在圖盤上前進，類似中國傳統升官圖。

以上是傳聞內容。
「唉，我老早便也想得到這樣的美女呀，晴明……」
兼家向晴明說。
大約一個月前某個月色皎潔的夜晚，兼家在自宅的窨廊講了上述故事。
「啊，這世上有沒有這樣的美女呢……」
兼家講完故事後，感慨地如此喃喃自語。
當天夜晚，兼家入睡時——
「有哦……」
兼家聽到有人這麼說。
「有這樣的美女哦，兼家大人……」
那聲音在兼家的耳畔竊竊私語，聲音低沉得有如泥水煮沸時的咕嘟聲。
兼家醒來，發現枕邊有個老人，坐在射進室內的月光中。
一頭長長白髮蓬亂如麻。
布滿皺紋的臉。
鬍鬚很長。
是個雙眼發出黃光的老人。

「你、你是誰？」

兼家抬起身。

「我名叫蘆屋道滿……」老人答。

「道、道滿！」

兼家當然知道這個名字。

老人是法師陰陽師[6]。

「我剛才路經府上，聽到有人在講述故事的聲音。細聽之下，原來您很想得到絕世美女……」

「你聽到了？」

「是。」

老人臉上露出奇異的笑容，表情可怖得恐怕連妖怪都會自認不如。

「我來爲您準備那個美女吧。」

「什麼？」

「您沒聽清楚嗎？我是說，我來爲您準備那個美女……」

「可、可是，我說的絕世美女，並非一般看起來很美的美女……」

兼家想要的是妖鬼製作的美女。

---

6 主要指密教系統等民間的陰陽師。

是蒐集了一千具美女屍體，抽取其精華而製成的美女。

這些美女想必都在荳蔻年華便死去，她們應當極捨不得離開這人世，哀怨地死去。

那白皙、滑膩且冰冷的肌膚上，應該凝聚了死去眾美女的感情。

我要抱的是那個——

兼家想擁抱這千人份的憾恨。

兼家正是對這點產生慾念。

「我全明白，兼家大人……」道滿笑著。

「道滿，那麼，你、你是說，你願意爲我製作這樣的絕世美女嗎？」

「怎麼可能……」

道滿露出黃牙笑道。

紅舌在黃牙後飛舞。

「我讓您和朱雀門的妖鬼玩一局雙六吧。」

「你辦得到嗎？」

「辦得到。」

這男人大概辦得到——道滿具有讓人信服的氣質。

光看外貌，也只會讓人覺得，比起人，他更接近妖鬼或魑魅一族。
「可是，你要什麼報酬？你爲我做這種事，到底想得到什麼……」
「不要什麼。」
「不要什麼？你這麼說，反倒讓人無法信任。」
「不，不，我並沒有說什麼都不想要。只是，兼家大人可能無法理解我想要的東西……」
「你說說看。」
「我想要的是人心。」
「人心？」
「在下向來以啖噬人心之陰晦爲生，因此待事情結束，我想啖噬大人內心的陰晦……」
「我聽不懂。你說清楚一點……」
「能不能讓我在一旁觀戰？」
「觀戰？」
「兼家大人和妖鬼下雙六時，請讓我在一旁觀戰，到時候，我打算啖噬大人您內心動搖的感情。」

「你何必說得這麼複雜。總之，只要讓你觀戰就好了吧？」
「是。」
「既然如此，那就好辦。隨你吧。」
「明白了……」

五

結果，七天前夜晚——
兼家瞞著家裡人獨自溜出宅邸。
在大門外等候的正是蘆屋道滿。
兼家半信半疑地跟在道滿身後前行。
他內心交織翻滾著不安與期待。
太恐怖了。
在這種三更半夜，自己竟然和這種詭異可疑的男人獨自走在一起。
自己為什麼跟來了？
這是不是一場謊言？

自己是不是上當了？

除了上述的不安，兼家同時懷有另一種與之相反的不安——萬一這全部都是真的呢？假若是真的，那麼，自己此刻正要去和妖鬼見面。

沒有向任何人交代一字半句，就這樣溜出來，到底應當或不應當？

「您的心正在顫抖……」

道滿低語。

「這種事瞞不過我。這種不安和懼怕正是在下求之不得的美餐……」

不久，兩人抵達朱雀門。

門邊有一道梯子，兩人順著梯子登上樓門。

一盞燈臺豎立在樓門上，燈臺上點著火。燈火旁，坐著一名年輕男子，身上穿的白色圓領公卿便服看似很涼爽。

那是名二十出頭，膚色白皙，有一雙鳳眼的美男子。

兼家不知道對方到底是誰。

他暗忖：難道這男子正是住在朱雀門的妖鬼？

男子面前擱著一張雙六棋盤。

「來，來這裡……」

經道滿催促，兼家隔著棋盤坐在男子對面。

「你就是兼家嗎……」青年問。

「正是兼家……」

「相貌很平凡，但慾望之色卓越超群。只有這點還有些意思……」

青年還未說完，道滿便坐在可以從旁俯視棋盤的位置上。

「你要賭什麼？」青年問。

「什、什麼？」

「你的目的是女人吧。如果你贏了，我給你女人。但是，如果我贏了，你到底要給我什麼……」

「這、這……」

「難道你沒有事先想好……」

「長谷雄大人以何爲賭注呢？」

「噢，噢，令人懷念的名字。長谷雄賭的是他自己的所有才華……」

「那、那，我也賭同樣東西……」

「我不要。」青年說。

「不要？」

「拿你的才華和舉世無雙的文章博士長谷雄相比，根本就是件蠢事。你說說看，你到底有什麼才華……」

「這、這……」

「道滿，這男人實在很無趣……」

青年說。

「往昔，我在這兒和一個名叫源博雅的男子相遇，兩人吹了整整一夜的笛，還彼此交換了笛子，你只要具備源博雅一半的才華便可以，說說看，你會吹笛嗎……」

「不、不會。」

兼家深恐若回答會吹笛，萬一對方要求吹吹看，事情就不好辦，於是老實作答。

「但是我可以提供黃金或豪宅……」

「無聊。」

青年道。

「才華是僅有此人具備、僅屬於此人的東西。女人之所以美，是因爲她無法永保其美。女人會年老色衰，才會令人愛憐。花之所以美，是因爲花會

凋謝。正因爲女人會融化爲水，男人才會倍感憐愛。仔細想想，對那男人來說，那個女人化爲水，融化得無影無蹤，反而是件好事。正因爲如此，後人才會爲他留下畫卷故事[7]……」

兼家聽青年說得如此刻薄，不由得意氣用事起來。

「那麼，我就賭我的頭……賭我這個頭顱。」

他不假思索說出此話。

「是嗎……」

青年的眼眸發亮。

「這可是你說的。話一旦說出，就收不回去了。好，就賭你那顆頭顱吧……」

青年說。

「不、不是，我、我是說……」

「不能收回。這是賭注的規定。你若要收回，也可以。不過，我將無視這場雙六的輸贏，當場啖噬你的頭顱……」

青年的兩顆犬齒驀地往前伸長。

兼家本來還懷疑青年和道滿共謀打算詐騙自己，見狀後，立即打消疑

7原文為「繪詞」（えことば，ekotoba）日本繪卷的基本型態，由寫有故事本文的紙與繪有圖畫的紙交相連綴形成。

慮。

眼前這名青年很明顯不是這世上的人。

青年吐出的氣息，不正發出青白色的光，熊熊地在燃燒嗎？

「我、我賭。我願意賭。」

兼家答，內心卻很後悔來到此地。

總之，眼下只能賭了。

兼家向道滿投以求救的眼神，道滿卻只是掛著笑容無言地望著兼家。

對兼家來說，雙六算是拿手項目。

他想，如果是打鬥之類的武力比試，妖鬼應該比他強。

不過，雙六是看骰子擲出的點數來決勝負的賭博。

即使對方是妖鬼，也無法隨意控制骰子擲出的點數吧。再說，這個妖鬼不是敗給長谷雄大臣了嗎？

「你該不會運用什麼神通力，暗地更動擲骰的點數吧？」

兼家鼓起勇氣問妖鬼。

「那還用說嗎……」

妖鬼雙眼發出嚴厲亮光。

「連擲骰的點數都能隨意更動的話，還有什麼樂趣可言？我向來守約，這是我的作風……」

賽局開始。

本來始終一勝一敗，將近拂曉時，青年終於贏了。

兼家滿臉蒼白，全身發抖。

「接下來……」

妖鬼望向兼家。

「哇！」

兼家大叫一聲，整個身體往後癱倒，哭了起來。

「請放過我！請放過我！拜託，拜託，千萬不要拿走我的頭顱……」

兼家蹬手蹬腳搖晃身子，扭動腰骨，孩子氣地大哭大喊。

青年冷眼望著兼家。

「真丟人……」

青年小聲吐出一句，站了起來。

「我已經不想要他這種人的頭顱了。道滿啊，你快帶這個丟人現眼的男人回去吧……」

因此，道滿便一面苦笑一面帶著兼家回宅邸。
「我、我贏了……」
兼家涕淚交加、用顫抖的聲音向道滿說。
「道滿，我贏了。我雖然輸、輸了雙六，但我還活著。我這顆頭顱也平安無事。我還活著，所以是我贏了……」
「哎，您這句話，眞是美味極了……」道滿說。
四天後，兼家脖子以下的身體消失了——亦即兩天前早上的事。

六

「原來蘆屋道滿大人也和此事有關……」
晴明開口。
「可是，您爲何一開始不說出來呢？」
「我、我說得出口嗎？爲了想得到用屍體製成的女子，我和別人下了一局雙六，又因爲輸給對方，不願意獻出自己的性命而大哭大鬧，這種事，我怎麼說得出口……」兼家說。

「不過，既然您和妖鬼下了雙六，輸給對方，又不履行輸贏之約，這種下場應該可想而知……」

「那局雙六和我的身體消失一事，果、果然有關嗎……」

「是。」

「難道是妖、妖鬼所為……」

「先不管是不是妖鬼所為，總之，必須先尋找兼家大人的身體。」

「你、你知道在哪裡嗎？」

「大致推測得出在哪裡，不過，事實是否眞如我所推測那般，則要實際去一趟才能知曉。」

「去一趟？去哪裡……」

「兼家大人的宅邸……」

「你是說，我的身體在家裡？」

「所以說，我們必須去確認一下。」

「唔、嗯。」

「說到底，兼家大人的頭顱和身體，其實還連在一起。」

「連在一起？」

「是。正因爲連在一起，兼家大人才依然活著，也會覺得肚子餓。只是，您的身體可能正處於陰態。」

「陰、陰態是……」

「月亮有時會圓，有時會缺，但月缺時，並不表示月亮有一部分消失。月亮只是隱藏在它本身的影子中，人們看不到而已……」

晴明再度道出之前說給博雅聽的話。

「總之，我們動身吧。」

晴明望著博雅問：

「博雅大人要不要和我們一起去……」

「唔、嗯。」博雅點頭。

「那麼，我們走吧。」

「嗯，走。」

事情就這麼決定了。

七

一行人抵達位於三条的兼家宅邸時，雨絲變得更細，已經看不出到底是雨滴或是霧氣了。

進了宅邸，命所有人都退出後，自箱子被取出的兼家頭顱，竟然悠閒自在地說：

「再怎麼說，畢竟還是外面的空氣比較好。」

頭顱由道長捧著。

「晴明，你說說你的推測吧。」兼家道。

「府上的早飯和晚飯[8]都在哪裡做的呢……」晴明問。

「這邊請。」

捧著兼家頭顱的道長跨出腳步帶路。

「這裡是大廚房。」

道長領晴明和博雅來到宅邸西方盡頭處的建築物。

裡面木板房和泥地房各占一半——泥地區有四個爐灶，可以同時進行炊

8 平安時代的人一天只吃早晚兩餐。

事。

此刻，爐灶上都不見鍋子和水壺。

「到底是哪個呢？」

晴明挨近爐灶，先把右手伸進最右側的灶門。

「好像不是這個。」

晴明說畢，收回手，再將手伸進右邊數來第二個爐灶的灶門。

「喂，晴明，你那樣做就能找到嗎……」兼家開口問。

晴明不理會。

「看來好像也不是這裡。」

接著將手伸進第三個爐灶的灶門。

「咦？這是……」

晴明剛說完，兼家即一面笑一面說：

「怎、怎麼回事？好癢。喂，這到底怎麼回事？這……」

「啊，這裡……」

兼家說出這話時——

「找到了。」

晴明已從灶門收回手。

博雅看到晴明手中的東西時，發出叫聲。

「噢……」

原來晴明的右手握著一具比幼貓還小一圈的裸裎人類身體。

那具身體挺著大肚子，手腳啪嗒啪嗒地搖晃個不停。

「喂，好癢，喂……」

兼家發出笑聲。

「這正是兼家大人的身體。」晴明道。

「什、什麼！」

「您說該怎麼辦呢？要不要現在就恢復原狀……」

「噢，拜託你盡快做。可是，那麼小的身體，不會出事嗎？」

「這身體處於陰態，大或小都無所謂，也不須施以什麼特別的咒法。只要將頭顱和身體合在一起，自然而然便會恢復原狀。」

快──

晴明催促道長，讓道長舉高兼家的頭顱。

晴明將握在手中的兼家身體的「切口」，貼上兼家頭顱的切口，兩者很自然地合而爲一，身體也噗噗地膨脹起來。

不一會兒，兼家便恢復原狀。

「太棒了，晴明……」

兼家一絲不掛，高興得手舞足蹈。

「可是，你怎麼知道身體在這裡？」

「我聽說每天早上和傍晚，您的身體會發熱。我想，在這宅邸內，朝夕用火的地方應該只有爐灶而已。而且，您說過，身體有時會痛得像被尖槍刺穿一樣，這是因爲下人在炊煮過程中，有時會用火箸往裡頭捅，撥動火炭，火箸尖戳到爐灶內兼家大人的身體，因而您才會感覺疼痛。」

「可是，爲何我沒有燒傷也沒有燙傷呢？」

「處於陰態之物，都是這樣。」晴明答。

「晴明，太好了。我得感謝你。日後我會給你獎賞，你等著吧……」

全身一絲不掛的兼家豪不隱藏胯下那東西。

「還有，這回的事，你千萬不要說出去。即使只有幾天，但我只剩一顆頭顱這件事，要是被人……」

「我明白，不過，請您還是千萬小心一點。」

「什麼意思？」

「您絕對不能再隨便接近非現世之物了。雖然這回的問題就此解決，但下回若再發生類似的事，或許就無法像這回一般完滿解決……」

晴明的紅脣微微浮出笑容。

「我會銘記在心。」

代替兼家回答的是年輕的道長。

「看來，蘆屋道滿那種可怕的人，我們還是敬而遠之比較好……」

道長以清澈的眼神望著晴明，重重地點頭。

八

夜晚，雨歇，雲層裂開。

裂開的雲層洞口露出黑黝天空，星辰和月亮在其上發光。

「總算看到月亮了，晴明啊……」

博雅在窄廊上隔著屋簷仰望天空，再端起酒杯飲酒。

「話又說回來，晴明啊，兼家大人那位名爲道長的孩子，看上去是位聰

明人物。他捧著兼家大人的頭顱，毫無懼色……」

「確實是位前途無量的人物。」

晴明凝望著庭院的漆黑處。

那兒有幾隻螢火蟲在飛，輕飄飄地忽亮忽滅，宛如在呼吸吞吐著黑暗。

其中，又出現了發出黃光的光點。

那兩個光點緩緩挨近晴明。

晴明方才即在凝望的正是這兩個光點。

「晴明，你怎麼了……」

博雅停下端起酒杯的動作問。

「看來，好像大駕光臨了……」晴明低語。

「誰來了？」

「蘆屋道滿大人……」

「什麼！」

博雅望向黑暗處，那兩個發出黃光的光點也自黑暗處移至月光中。

頂著一頭亂蓬蓬的白髮，身披破爛圓領公卿便服的蘆屋道滿，正站在該處。

「哎呀，道滿大人，好久不見了。」
聽晴明如此說，道滿抿嘴一笑，答：
「兼家的事，你好像完滿解決了……」
「您不能開那種人物的玩笑呀……」
「最近都沒有好玩的事，我只是和兼家玩一下而已。」
「善後任務都會轉到我這邊來。」
「別扯了，晴明，我讓你解決那麼簡單的問題，你不但賣了人情給兼家，還抓住他的弱點，而且不是還認識了那名年輕人嗎……」
「您的意思是，要我感謝您？」
「你說對了。」
「我當然衷心感謝您。光是看到兼家大人只剩那顆頭顱的樣子，我就覺得很好玩了。」
「是吧？」
「話說回來，讓兼家大人只剩下頭顱的，其實不是朱雀門那位，而是道滿大人您吧……」
「沒錯。事情就那樣結束的話，我的面子根本掛不住。那小子說不要兼家的頭顱，我只好奪走兼家的身體，把他的身體丟在爐灶內。我想，兼家若受不了，最後一定會向你求救，你也會幫他解決……」

「原來如此……」

「對了，今晚還有一位客人……」

道滿剛說完，某「物」即從他背後的黑暗中現身。

是名風姿凜凜的青年，身披一件飄飄然乾淨無垢的白色圓領公卿便服。

「您是朱雀門那位吧。」晴明道。

「博雅大人，久違了……」青年向博雅低頭行禮。

「噢……」博雅叫出聲。

「您依然持有葉二嗎……」

「我隨時帶著，片刻不離……」

博雅紅著臉，從懷中取出葉二。

「久未聞葉二笛聲，我很想聽聽，所以特地前來。您能不能吹給我聽呢……」

「當然可以，當然……」

博雅露出不勝喜悅的笑容，高興得連聲音都變尖了。

「我想喝酒。」道滿說。

「請兩位到這兒來……」晴明說。

道滿和青年登上窄廊，就地坐下。

此時，博雅已經將葉二貼在嘴脣上。

當道滿端起盛了酒的酒杯時，葉二便已經在月光中流瀉出令人陶醉的音色了。

道滿受人款待美酒 與死者共寢

一

橘琦麻呂自孩提時代起便很喜歡讀《觀音經》。

無論發生任何事，他每天都至少誦讀一遍《觀音經》。

早飯、晚飯後必定誦讀，有時甚至一整天都在誦讀。由於他已將《觀音經》內容全背下來，所以不必特地再去翻閱。

他從小體弱多病，八歲時，家裡有人教他念誦《觀音經》，結果不知爲何，他竟迷上了這部經典，並養成每天誦讀的習慣。

自從他開始念誦《觀音經》以來，即使生了病，也很快就會痊癒，而且本來被認定很難活到十歲，不料竟活過十歲，更和其他孩子一樣，能夠健健康康地玩耍、奔跑。

只是，自十歲左右起，他身邊開始發生各式各樣的怪事，也開始出現一些妖魔鬼怪。

十二歲時，有一次，他發了高燒，全身痠痛。

家人讓他喝了各種湯藥，還爲他塗上各種膏藥，卻都不見效。

半夜——

他感到四周好像很吵，醒來一看，發現全身爬滿了外觀呈人形的小東西。

全身穿戴盔甲裝束的小小東西，在他的頭、眼、鼻、口、耳、手臂、手、雙腳、喉嚨、胸部、腹部、腰部等處或站或走，正用握在手中的小長槍戳刺琦麻呂的身體。

每戳一次，被戳之處便會發痛。

有些小人會從琦麻呂的胸部和腹部冒出頭。也有其他小人似乎潛入琦麻呂的體內，正在戳他的心臟和肝臟、骨頭、血脈等。

數了數，約有八十二人左右。

「你們到底是何方人物？到底爲了什麼要這樣欺負我？」琦麻呂問。

「我們這樣做是爲了守護你的身體。」

小人之一答。

「用長槍戳你的，是那些打算損傷你身體的壞傢伙。所以我們也這樣用長槍頂回去，以擊退那些人。你的身體會發痛，是因爲那些被我們用長槍戳到的傢伙，在發痛處亂蹦亂跳……」

琦麻呂想想也覺得有道理，過一會兒，他又感覺很睏，於是再度入睡。

第二天早上，琦麻呂醒來時，全身的痠痛竟難以置信地消失了。

此外，某天，又發生如下的事。

有個腰部佩樹枝的陌生男人，牽著琦麻呂的手走在路上。

那是個琦麻呂從未去過的地方，四周走動的也都是陌生人。

不久，來到一個類似官署的地方，兩人一起進屋。

男人帶琦麻呂到一個紅臉大鬍子、看似長官的人面前。

「喂，喂，你爲什麼帶這個孩子來此地？」

看似長官的大鬍子男人一面翻開一本類似帳簿的本子，一面問：

「你不能帶這個孩子來。快帶他回去。」

帶琦麻呂來的男人說：

「可是，既然都已經帶來了，若要讓他回去，我必須再去找個可以代替他的東西過來……」

「有道理。話說回來，你到底爲了什麼而來？」

「是因爲這個。」

男人拔出佩在腰上的樹枝。

「這是什麼?」
「是柿子樹枝。」
「那你就用這個吧。」
「是。」
男人點頭，再度牽著琦麻呂的手來到屋外，接著往前走。
走了一會兒，來到十字路口。
有幾隻狗正在十字路口玩耍。
男人讓琦麻呂握住柿子樹枝，說：
「你用這根樹枝去打那邊的狗，打哪隻都無所謂。」
琦麻呂手持樹枝挨近狗群，用樹枝朝距離他最近的黑狗打下去。
汪！
黑狗叫了一聲，當場倒地，一動不動。
琦麻呂的記憶僅到此爲止。
待他醒來時，才發現原來自己仰躺在地面，四周有幾個人正在俯視自己。
「活過來了。」

「太好了。」

俯視的人群異口同聲地如此說。

「發生了什麼事？」

琦麻呂起身問。

「你爬到那棵柿子樹上玩，結果摔下來了。」

俯視的人其中之一說。

「因爲你握住的樹枝斷了。看，就是那個。」

聽對方這樣說，琦麻呂望向自己的右手，果然還握著之前打狗的那根柿子樹枝。

琦麻呂經歷過好幾次類似的事，所幸他平安無事地長大成人，不但娶了妻子，膝下也有孩子。

二

四十七歲那年夏天，琦麻呂死了。

眾親戚和妻子、孩子以及家人聚集一起，將屍骸放進棺材，眾人合力抬著棺材度過五条大橋。

他們為了埋葬琦麻呂的屍骸，正打算前往鳥邊野[1]。

當眾人來到橋中央時，與一名老人擦身而過。

是名身穿破爛圓領公卿便服，渾身髒兮兮的老人。

頭髮蓬亂如麻，混雜著白髮。

一雙發出黃光的眼睛，透過垂在額頭的髮間向外看。

老人和眾人擦身而過時，望了一眼棺材。

「喲……」

老人叫出聲。

「等一下……」

老人向琦麻呂的妻子說。

妻子止步，送葬行列也跟著停下來。

「什麼事？」妻子問。

「過世的人是誰？」老人問。

「是我丈夫，名叫琦麻呂。」

「他怎麼過世的？」

1 位於京都市東山，京都最大的墓地。平安時代中期以來，有墓地、火葬場。據說此地升起的火葬煙常令人感嘆世間的無常。

若是平時，妻子大概會漠視眼前這名渾身髒兮兮的老人，不搭理他轉身離去；但今天是亡夫的葬禮之日。

倘若冷淡待人，讓對方懷恨在心，可能會影響丈夫的來世。

「這個……我們也莫名其妙……」

妻子用茫然無頭緒的聲音說。

「三天前，我丈夫跌倒摔到下巴，下巴脫臼一直沒好。」

「結果就死了？」

「是。」

「可是，光是下巴脫臼並不會致死。有沒有發生其他特別的事？」

「我想起來了……」

接著，妻子向老人敘述的事大致如下。

她說，那時，琦麻呂應該獨自一人。

又說，丈夫坐在西邊的窄廊上眺望庭院。

丈夫的下巴脫臼，一直合不起來。

他不但無法說話，也不能好好吃東西。口水亦任其流淌。然而，又不能說他生了什麼病。

他可以站立，可以走路，可以坐著，這些都和平常人一樣。他並非患了必須整天臥床的病。

也因此，那時候琦麻呂似乎獨自一人待在西邊的窄廊。

據妻子說，曾有說話聲傳來。

「這回總算可以帶你走了……」

那聲音聽起來似乎很高興。

妻子聽到了那聲音。

不是琦麻呂的聲音。

因爲琦麻呂的下巴脫臼，根本無法出聲說話。

是其他人的聲音，妻子之前從未聽過的聲音。

妻子心想，大概有人來訪，直接從庭院繞到西邊的窄廊吧。

因此，妻子前去探看究竟，去了一看，只見琦麻呂仰躺在窄廊上，已停止呼吸。

聽完妻子的描述，老人點頭道：

「原來如此……」

接著，送葬行列再度往前走。

奇怪的是，那老人也跟在行列後面一起走。

一行人終於抵達鳥邊野，眾人準備埋葬琦麻呂。

這時，老人開口了。

「對了，你們願不願意請我喝酒……」

老人說。

「有人帶酒來了吧？我現在正好有點口渴……」

由於琦麻呂生前愛喝酒，所以眾人確實於事前備好酒，打算一起埋葬。

妻子再也無法對老人視而不見。

「我們確實準備了酒，但爲什麼呢？我們爲什麼一定要請你喝酒呢？」

「哎，妳別這麼說，妳就請我喝杯酒吧。我不會讓你們吃虧的……」

老人抿嘴笑著說。

妻子覺得有點可怕。

「您不是道滿大人嗎……」

加入送葬行列的親戚之一開口。

「道滿大人？」

妻子疑惑，問了那名親戚。

「他是道摩法師[2]……是蘆屋道滿大人……」對方說。

「是那個陰陽法師……」

妻子望向老人。

「正是我道滿……」

老人咧嘴一笑。

三

老人——

道滿坐在棺材前的草地上，不慌不忙地飲酒。

當他喝乾了大約盛有一升酒的酒瓶時，邊擦嘴邊站起身。

「接下來，該換我酬謝你們了……」

「酬謝？」

「打開棺材吧。」道滿說。

爲什麼？

妻子本想如此問，卻又作罷。

---

2 咒術師，非官方陰陽師，在平安時期也稱為道摩法師。

她完全被道滿嚇壞了，已經失去違逆他的氣力。

除妻子外，還有其他幾個人也聽過蘆屋道滿的名字，此刻，大家都對道滿唯命是從。

打開棺材後，道滿往裡面探看。

「原來如此，果然如我想像……」道滿低語。

「什麼事果然如您想像……」妻子問。

道滿不理會妻子。

「有沒有人願意過來幫我脫掉琦麻呂身上的衣服……」

道滿竟說出令人費解的話。

眾人猶豫不決。

「脫掉吧。」

道滿再度吩咐。

琦麻呂身上的衣服被脫個精光，全身一絲不掛。

接下來發生的事，更令人費解。

道滿竟然也當場脫掉自己身上的衣服，光著身子。

「那麼，我先睡一會兒再說……」

說完這句話，道滿跨進棺材，躺在琦麻呂赤身裸體的屍骸旁，並伸出雙臂緊緊摟住琦麻呂的身體。

「把棺材蓋上。明天早晨，你們再來叫醒我……」道滿說。

妻子若早知道事情會變成這樣，她在橋上遇見道滿時，一定不會回應道滿的問話。豈知，她竟在不知不覺中請道滿喝了酒，讓事情演變至此，想想，實在很不可思議。

但此刻的她，只能聽從道滿。

「再不動手，天要黑了……」

道滿說的沒錯，不知何時，太陽已挨近西邊山頭了。

鳥邊野是埋屍地，被丟棄的屍體和白骨到處散亂堆積。又因爲野狗和烏鴉會來啄食，這一帶的景色相當駭人。

而且臭氣熏天。

總之，琦麻呂的妻子等人聽從道滿的吩咐，早早便離去了。

四

第二天早上——

琦麻呂的妻子等人蹚過凝在草上的朝露，來到鳥邊野。

「道滿大人，道滿大人……」

眾人對著棺材呼喚。

結果，棺材中傳出道滿的聲音。

「噢，你們來了嗎……」

打開棺材後，道滿從棺材內出來。

「睡得眞飽。」

道滿伸著懶腰說。

「今天早上天氣眞好。」

道滿一面說，一面穿上昨天脫下擱在草叢的衣服。

這時——

「這裡是哪裡……」

聲音響起，接著，琦麻呂從棺材中站起。

他不但可以流利說話，連脫臼的下巴也好了。

「哎呀！」

不用說，妻子等人當然驚訝得叫出聲。

「這、這是怎麼……」妻子問。

「我不是說過了，我正好口渴，很想喝點酒……」

道滿答。

「剛好碰見你們路過。你們之中似乎有人帶著酒，酒味很濃。再說，我仔細看過後，發現棺材四周籠罩閃閃發光的彩雲。你們大概看不見，但那種彩雲不會在死人四周飄蕩。於是，我就想，既然棺材內的人還活著，我不如向你們討杯酒喝，之後再讓棺材內的人活過來也不錯……」

道滿只說到此，便不再詳述。

五

根據琦麻呂所說，原來事情是這樣的。

他說，當他回過神來時，發現自己的手被人牽著，走在之前曾走過的路上。

牽著琦麻呂手的人，正是琦麻呂於孩提時代曾帶他到那棟奇異官署的男人。

「怎樣？我終於帶你來這兒了……」

男人的聲音聽起來很高興。

「說起來，你在九歲那年本就應該來此地。但是，因爲你每天都念誦《觀音經》，害我無法帶你來。不過，今天我總算可以完事了。」

然而，琦麻呂完全聽不懂男人到底在說什麼。

「老實說，自從我擔任這個職務後，一直躲在你身邊，卻一直沒有機會完成任務。但是，這回成功了。因爲我纏住你的腳，讓你跌倒，並讓你的下巴脫臼。只要下巴脫臼，你便無法念誦《觀音經》……」

男人說完，牽著琦麻呂的手走進官署。

琦麻呂又被帶到孩提時代見過的那個紅臉大鬍子長官面前。

「我終於成功帶琦麻呂來了……」黑臉男人說。

與上次不同的是，長官旁邊坐著一名頭髮和鬍鬚都蓬亂如麻的老人。

「喂，黑長，聽說你親自下手讓琦麻呂無法念誦《觀音經》是吧？」

紅臉大鬍子長官說。

「你不能這樣做。雖說壽命長短是上天註定，但壽命也會因個人的信仰和行為而有所更動。若是當事人主動放棄信仰，不願意讀經，那還好。可是，若是你強制讓他無法誦讀，那就不行了……」

男人聽後，咬牙切齒地答：

「我只是認真履行自己的職務而已。被你這麼一說，我再也做不下去了。我不做了，這種工作，我不做了……」

之後，他只是喃喃從口中發出呻吟般的怨言，琦麻呂完全聽不清他到底在說些什麼。

長官旁邊的老人走到琦麻呂身邊，拉起他的手。

「事情是就這樣。我們回去吧……」

於是，琦麻呂再度順著之前那條路往回走。

「不知不覺中，我竟就此醒來了。」

琦麻呂說。

「帶我回到這裡的老人，看，正是那邊那位。」

琦麻呂指著站在草叢裡咧嘴笑著的道滿。

六

「接下來，我還有一項工作必須完成。」

道滿如此說後，跟著琦麻呂一行人來到琦麻呂的宅邸。

琦麻呂和妻子對道滿所說的另一項工作內容很好奇，問了道滿，道滿卻也不回答，他們只好作罷。

「給我一個鍋子……」道滿說。

家裡人雖莫名其妙，卻也取了鍋子來。

「我想吃粥。」琦麻呂說。

家裡的人馬上去準備粥。

琦麻呂打算喝粥時，道滿卻拿走盛粥的碗，將碗內的粥倒入手中的鍋子，再立即蓋上蓋子。

道滿捧著鍋子直接走到爐灶前，將鍋子擱在爐灶上，再起火，把粥煮得咕嘟咕嘟作響。

過一會兒再打開蓋子時，只見鍋內有一條煮熟的六尺長黑蛇，已經死了。

「這傢伙一直躲在這宅邸的地板下，打算趁機害你。因爲這回在閻羅殿挨了罵，他打算親手殺死你以洩憤……」道滿說。

「您怎麼知道這條蛇躲在粥中呢？」琦麻呂問。

「這傢伙挨罵時，我聽到他嘀嘀咕咕說了以下的話……」

「太氣人了。既然如此，我乾脆親手殺死這小子，跟這小子永不再見。這小子活過來後，一定會想吃粥。到時候，我再躲進粥內，潛入這小子的體內，把他的肚子吃得亂七八糟，將他殺死。」

道滿望著琦麻呂和他的妻子說：

「我多做了一件工作。如果你們願意，能不能再請我喝酒？只要盛在瓶子內便行了。我打算帶到土御門大路的晴明那兒，和他一起喝酒……」

不用說，道滿要求的酒當然依言送上來了。

無眼

一

胡枝子[1]搖來晃去。

正如秋天的原野景色那般，群生的野草也在庭院隨風搖來晃去。

桔梗。

黃花敗醬。

狗尾草。

龍膽。

高䠷茂密的胡枝子夾雜在這些秋天花草之中，紅色花朵隨風搖曳。

夏季期間鳴叫得令人心煩的蟬聲，已不再響起。

此地是安倍晴明的宅邸——

晴明和博雅坐在窄廊上，悠閒自在地喝著酒。

窄廊只有他們兩人。

若是平常，蜜蟲和蜜夜會陪在一旁為兩人斟酒，但博雅說，今天只想和晴明一起喝酒，因此晴明命蜜蟲和蜜夜退下。

---

1 原文為「萩（ハギ，hagi）」，豆科（Fabaceae/Leguminosae）蝶形花亞科（aboideae/Papilionoideae）胡枝子屬（*Lespedeza*）植物的總稱，日本秋天七草之一。

兩人漫不經心地把酒杯端到脣邊，再漫不經心地啜飲。

有時自己斟酒，有時爲對方倒酒，如此有一杯沒一杯地將酒含在口中。

午後的陽光射進庭院。

不冷不熱的秋風拂上微醺的臉頰，十分愜意。

隨著微風，一陣菊花香也不知自何處飄來。

「我說，晴明啊……」

博雅將空酒杯擱回托盤。

「什麼事？博雅。」

晴明將端起的酒杯停在紅脣前，望向博雅。

「每逢這個季節，不知爲何，我心裡總會怪怪的。」

「怪怪的？」

「幾天前仍然那麼熾熱、那麼茂盛的東西，此刻，都跑到哪裡去了呢……」

「……」

「不但風變得溫和，花草的味道也很香潤，連心好像也沉靜下來，可是，我這胸口深處，好像又存在著一種不平靜的情感……」

「不平靜？」

「我無法說明，總之，就是『啊，我又多了一歲』的那種，不知該怎麼形容的感慨心情。明明什麼都做不成，什麼都沒有做，竟然又多了一歲。好像既傷腦筋，又不傷腦筋的那種……」

「到底是哪一方？」

「我剛剛不是說過我無法說明嗎？不過……」

「不過什麼？」

「我是說，對於多了一歲這件事，在我內心，好像也存在著一種並不討厭的情感，晴明……」

「是嗎？」

晴明低語，將停在紅唇前的酒杯貼在脣上，含了一口酒，再擱下酒杯。

「晴明啊，看來，我好像認爲，人長歲數，似乎也不壞……」

博雅望著晴明。

「我會這麼認爲，換句話說，可能是我……」

博雅有點支吾。

「你怎麼了？」

「可能是我覺得，因爲這世上有你這個人在，然後我可以像現在這樣，和你在一起聊天，一邊喝酒，所以才會認爲人長歲數並不壞吧，晴明……」

博雅說。

「博雅啊……」

晴明喚道，再往自己空掉的酒杯斟滿酒。

「這種話，不能出其不意就說出口……」

晴明端起酒杯，望向庭院的胡枝子。

「喂，晴明……」

博雅脣邊浮出笑容。

「你，現在，是不是不好意思了？」

「沒有，我沒有不好意思。」

「是嗎……」

博雅笑意更深。

「原來你也會有這種表情。」

博雅往自己的酒杯斟酒。

「對了，博雅。」

晴明換了話題。

「什麼事？晴明……」

「再過一會兒，橘爲次大人會來這裡。」

「是嗎？」

「他好像有事想找我商量，今天早上遣人過來通報了……」

「嗯。」

「對方說火速想見我，我回答，今天是源博雅要來的日子……」

「那我要不要暫時迴避一下……」

「不用，不用，使者說，橘爲次大人也知道博雅大人經常來這裡。使者又說，如果源博雅大人不介意，務必兩人一起會個面。反正這種事也不是第一次，所以我就擅自作主，向對方說，博雅大人應該不會介意……」

「我當然沒問題。只要爲次大人不介意，我一點問題都沒有……」博雅說。

之後——

過了一會兒，橘爲次在隨從牽著手導引下駕臨了。

二

坐在席上的爲次，烏帽子[2]下——額頭至後腦綁著一條麻繩。

而且，額上的麻繩還垂下一張紙。由於紙蓋住他的臉，讓人無法看見他的容貌。

雙方簡短寒暄。

寒暄結束後，爲次的下人也沒有離開主人身邊，依舊握著爲次的手，坐在主人身旁。

「您今天光臨寒舍，到底爲了什麼事呢？」

晴明問。

「是不是和您額頭垂下的那張遮住您容貌的白紙有關呢……」

「是。」

爲次點頭後，爲次的下人伸手輕輕取下蓋住爲次容貌的紙張。

紙張下出現爲次的臉。

「噢……」

2平安時代至近代和服的一種黑色禮帽，早期用薄絹製作，後來變為紙製，表面塗以黑漆。本是上層公卿服飾，平安時代以後普及到民間。

博雅看了爲次的臉，情不自禁叫出聲。

「我想商討的事，正是兩位此刻見到的狀況。」爲次說。

爲次的臉——也難怪博雅會情不自禁叫出聲。

原來爲次的臉，失去了雙眼。

眼窩陡地凹陷，看上去好像有兩個空洞。又看似順著凹陷內側，只粘貼了兩張眼皮而已。

那容貌既怪異，又駭人。

「到底發生了什麼事？」晴明問。

「是……」

爲次點頭，接著描述起如下事項。

三

三天前的夜晚——

爲次出門前往糺森。

糺森是下鴨神社境內的森林。神社南側及其四周——高野川與賀茂川匯合之處一帶的遼闊森林，正是糺森。

除了糙葉樹[3]、朴樹[4]、欅樹[5]、櫟樹[6]、山茶等，另有各式各樣的雜樹林茂密叢生，即便白天也很陰暗。

到了夜晚，則更漆黑。

雖說是神聖領域，卻有無數魑魅魍魎徘徊其中。

爲次爲何在三更半夜前往那種地方呢？

「我去參拜賢木。」

據說是如此。

森林中有一條名爲瀨見的小河。

這條河的旁邊，長著一棵——不，應該說兩棵——神木。

因爲它的樹根——有兩個。

樹幹也是兩株，亦即，本來是兩棵分開生長的神木，往彼此上方伸展樹枝，樹枝相糾纏，不知何時起，竟連在一起，變成同一棵。並非樹枝互相纏在一起分不開。而是彼此樹枝同化爲一棵，也就是所謂的連理枝。

從古至今，糺森便有此現象，如果那棵樹枯了，日後，森林某處某棵神木的樹枝又會和另一棵神木的樹枝纏在一起，成爲連理枝。換句話說，在糺

---

3 原文為「椋（ムク，muku）」，學名*Aphananthe aspera* (Thunb.) Planch.，榆科（Ulmaceae）落葉喬木，高達二十公尺以上。

4 原文為「榎（エノキ，enoki）」，學名*Celtis sinensis Pers.*，大麻科（Cannabaceae）落葉喬木，高可達二十公尺。果實又稱朴子。

5 原文為「欅（ケヤキ，keyaki）」，學名*Zelkova serrata*（Thunb.）Makino，中文俗名雞油樹，榆科（Ulmaceae）落葉喬木，高二十至二十五公尺。世界知名珍貴行道樹種，抗病性高，木質優良。

6 原文為「樫（カシ，kashi）」，殼斗科（Fagaceae）部分常綠喬木的總稱，狹義則指稱櫟屬（*Quercus*）中常綠性種類。

森內，一直都有形成連理枝的神木存在，未曾中斷。

白樂天的《長恨歌》也歌詠了此連理枝，自古以來，連理枝始終是恩愛夫妻的象徵。也因此，糺森的這棵連理枝神木一直被當做神靈而深受崇拜。

據說，若有人想和心愛之人永結同心，只要於深夜來此地祈願禱告，此人的心意便能傳達給對方，日後可以和對方結髮為夫妻。

這正是賢木參拜。

「老實說，我很久以前便極為心儀某人，可是，無論我送去和歌或書信，對方都沒有回音，我實在無法可施，才去參拜賢木。」

夜晚——

丑時前去參拜，第二十八天是結願日。

「結願的第二十八天，正是三天前的夜晚……」

當天夜晚——

為次走在糺森之中。

為了使祈願實現，為次必須獨自一人去參拜，因此他讓牛車和隨從在賀茂川上那座橋的橋頭等待。

為次一人走在糺森內。

月亮掛在頭頂上方，月光透過樹叢中樹枝較稀落之處，自上空傾瀉至森林深處。如果沒有那月光，四周將漆黑一片。

爲次手中握著紙製的紅符和白符。

到了連理神木前，他必須將紅符和白符各自貼在兩棵神木的樹幹上，再念誦祈禱文。

就在即將抵達連理神木之時，爲次看到了可疑的東西。

神木附近，似乎有東西在動。

看似青色，又看似白色的滑溜之物。

什麼東西？

爲次繼續往前走，結果那個近乎白色的東西竟突然出現在恰好射在神木四周的月光中。

爲次見狀，內心暗暗叫出聲，「哎喲」。

他停下腳步。

原來那東西是人。

而且是女人。

一名一絲不掛的女子在地面爬動。那女子並非像狗一般地趴在地面，而

是類似蜘蛛或昆蟲那般，手腳伸向四方在地面爬動。

女子一面爬，一面用鼻子蹭著地面，推開落葉後，再將臉扣在地面上。

女子抬起臉時，爲次不禁倒吸了一口氣。

那女子口中咬著一隻大蜈蚣，蜈蚣不停蠕動著無數手足，嘴巴外邊的蜈蚣軀體也不停在彎曲扭動，並啪嗒啪嗒地拍打著女子的嘴脣和臉頰。

蜈蚣自女子口中消失，女子嘴脣蠕動。原來她在啃咬蜈蚣。

不久，女子再度將臉扣在地面上。

「啊……」

爲次會不由自主叫出聲，也是情有可原。

然而，女子聽到了叫聲。

女子抬起臉，用發出綠光的雙眼望著爲次。

那是雙既悲傷又可怕的眼睛。

女子邊爬邊挨近爲次。

口中仍咬著蜈蚣。

太可怕了。

雖然可怕，但爲次無法逃離。他無法避開女子雙眼射出的視線。

「你竟然看到了……」

女子邊說邊爬過來。

「你竟然……你竟然……看到我這種可恥的模樣……」

女子已經來到爲次眼前。

「是你的那雙眼睛嗎？是你的那雙眼珠看到我這種姿態嗎……」

女子用腳站起來，緊緊摟住爲次。

女子的溫熱嘴脣貼上爲次的左眼。

噗！

爲次的眼珠被吸走了。

「痛！」

爲次發出叫聲，但依舊無法逃離。

其次是右眼。

爲次感到女子的嘴脣貼上自己的右眼，接著對方伸出舌頭舔著眼珠表面。

噗！

右邊的眼珠被吸走了。

之後——

由於爲次遲遲不歸，隨從們擔憂地前來探看，這才發現失明的爲次在森林中團團亂轉。

四

「大致情況我已經明白了……」

晴明開口。

「那麼，您找我商量什麼事呢？」

「我想拜託你替我找回我的眼珠……」爲次答。

「找回眼珠？」

「是。」

爲次點頭。

「雖然我已經失去了我的眼珠，但是，我似乎仍可以看見東西。」

「是嗎？」

「我好像看見了聳立的樹木，樹木遠方是青空……」

「……」

「而且，奇怪的是，青空上有魚在游泳……」

「魚？」

「是。雖然到了夜晚，我便會看不見，但每天早上，我都會看見同樣的光景。」

「這麼說來，那女子應該是陰態之物。」

「陰態……」

「一般說來，眼珠被取走的話，應該什麼也看不見。不僅看不見，也無法讓眼珠回歸本來的身體。不過，若是陰態……」

「可以恢復原狀？」

「是。可能正因那眼珠處於陰態，您才看得見東西。既然眼珠處於陰態，就表示取走眼珠的那女子也是陰態之物了……」

「那、那麼……」

「您的眼睛，或許能恢復原狀。」

「太好了。」

「我想請教爲次大人一件事……」

「什麼事？」

爲次將宛如空洞的雙眼部位，轉向晴明。

「您認識那女子嗎？」

「那女子？不，我不認識……」爲次答。

「既然如此，我們這就出門一趟。」

「去哪裡？」

「去糺森。」

「要去那個可怕的地方？」

「難道您不想取回您的眼珠嗎？」

「去的話，可以取回眼珠嗎……」

「應該可以。」

晴明點頭，再望向博雅：

「博雅大人，您打算如何呢？」

「什麼意思？」博雅問。

「您要不要和我們一起去……」

「唔，唔。」

「您要去嗎？」

「走。」博雅說。

「那麼，我們走吧。」

事情就這麼決定了。

五

晴明站在瀨見小河的岸邊，仰頭望著眼前的連理神木。

兩棵各自生長的相異神木，樹枝確實在半空中纏在一起。剛好在高出人頭頂三尺左右之處。

晴明收回視線，望向爲次。

兩名隨從撐扶著臉上垂著白紙的爲次，站在神木的樹根前。

「爲次大人，您看得見樹木嗎？」晴明問。

「看得見。」

「魚呢？」

「魚也一樣，在空中游泳。」

「那麼，如果魚突然游開，您告訴我一聲好嗎……」

晴明說完，順著瀨見川河岸走向上游。

走不了多遠，即傳來爲次的叫聲。

「啊！現在，現、現在，有幾隻魚突然消失了！」

「原來如此……」

晴明止步。

「請您到這兒來。」

晴明說。

隨從牽著爲次的手，來到晴明這方。

博雅也一起跟來，問晴明：

「晴明啊，你知道了什麼嗎……」

「麻煩你們其中之一下河，動作盡量放輕，再從下游慢慢往上走，邊走邊仔細看著河底……」晴明說。

「我來……」

牽著爲次右手的下人答。

下人從晴明指示的地方走進河裡。

河水很淺。

淺處的河面只到腳踝，即使深處，也還不致弄濕膝蓋。

「從下游往上走，上游的河水就不會被攪得混濁不清，因此你盡量慢慢往上走……」

聽晴明如此說，下人在河裡一步、一步地跨出腳步。

「啊，找到了！」

下人發出叫聲。

他伸出右手探入河中，從河底撈出某物。

「這、這個……」

下人舉起手。

手指捏著圓形的眼珠。

「噢，景色轉個不停，我看不清到底什麼是什麼了……」

爲次站不穩，搖晃著身體。

如果沒有隨從在一旁撐扶，他看似隨時會摔倒。

晴明從下人手中接過眼珠，用雙手裹著。

「噢，我感覺一隻眼好像暗了下來……」

「暗下來的是右眼嗎？或是左眼……」

「右、不，不對，是左、左眼……」

爲次猶豫地說。

「那麼，這個應該是左眼吧。」

晴明用雙手罩住從河中找到的眼珠。

「現在呢？您看見了什麼？」晴明問爲次。

「樹、是樹木……」

「魚呢？」

「看不見了。現在只看得見樹木……」

「那麼，您看見了什麼樹？」

「是……是櫟、櫟樹……」

「接下來，麻煩大家找一下附近的櫟樹樹根。但是，請你們小心一點，千萬不要踏到眼珠，跨出腳步時，盡量放慢……」

聽晴明如此吩咐，眾人分頭找了一會兒。

「噢，是這個……」

博雅在一棵櫟樹樹根處拾起了眼珠。

晴明接過後，說：

「爲次大人，您的左右兩顆眼珠都找到了。」

「那眼珠可、可以恢復原狀嗎……」

「可以。」

晴明說。

「博雅大人，您能不能先幫我拿著這兩顆眼珠……」

「唔，嗯。」

博雅接過眼珠。

「爲次大人，您千萬不能動。」

晴明說畢，用左手指捏住爲次的左眼皮，拉開。

「博雅大人，您把左眼眼珠給我……」

晴明從博雅手中接過左眼眼珠，再滑溜地將眼珠塞進眼皮縫隙中。

他用左手食指和中指按住爲次的眼皮，再伸出右手按住自己左手的那兩根指頭。

「令其返回令其返回清淨之物本清淨污穢之物化清淨一物一主物各有主物歸原主令其返回……」

晴明唸完咒語，再鬆手。

「您覺得怎樣？」

爲次戰戰兢兢地睜開左眼。

「噢，噢噢，我看得見了！」

爲次大叫。

「噢，我看得見了！我看得見了！我的眼睛看得見了！晴明大人在我眼前，那邊是博雅大人……」

晴明再度以同樣方法讓爲次的右眼恢復了原狀。

六

「接下來，爲次大人，您能不能說出事實呢……」晴明說。

「說什麼事實？」

「說說三天前的夜晚，您在這兒遇見的那位在地面爬動的小姐。」

「那、那個，有問題嗎……」

「那位小姐到底是誰，其實您心知肚明吧？」

「怎、怎麼可能……」

「您看一下那個吧。」

晴明仰頭指著頭頂上方。

恰好是連理神木的樹枝彼此纏在一起的地方。

「那個，有問題嗎……」

「那兒有一隻大大的橫帶人面蜘蛛[7]正在織網……」

「啊，是……」

「近一個月來，您一直利用那隻蜘蛛向您的心上人下咒。」

「下、下咒!?」

「是。」

晴明點頭。

「以壺毒爲首，利用昆蟲的咒術有好幾種。即使普通昆蟲也能用在咒上，何況此處是屬於統治附近一帶的下鴨神社之神聖領域。正因爲場所神聖，這棵連理神木才會有結緣的力量。而在這棵神木上織網的蜘蛛，力量更是與眾不同……」

「……」

---

7 原文為「女郎蜘蛛（ジョロウグモ，jyorougumo）」，學名 ***Nephila clavata* L. Koch**，絡新婦科（**Nephilidae**）。雌蛛體長約二至三公分，胸部黑色具黃邊，腹背黑色，有五條黃色橫帶。

「祈願亦是咒的一種。爲次大人，其實您在連自己都不知情的狀況下，對您的心上人下了咒……」

「什、什麼!?」

「大自然中的蜘蛛，其天性是捕捉昆蟲並啖噬之。您在不知不覺中，利用了連理枝和蜘蛛的力量，捕捉了您心愛的人，將她束縛於此，然後正如蜘蛛啖噬昆蟲般，讓那位小姐也啖噬昆蟲。」

「什……」

爲次驚訝得說不出話，晴明再度問：

「那位小姐是誰？」

晴明的聲音極爲溫柔。

「現在還來得及。只是，我若不知道對方是誰，不知道對方住在何方，恐怕也莫可奈何。」

「是六、六条堀川的，藤、藤原信麻呂大人之女，通、通子小姐……」

「那麼，我們此刻就前往六条堀川吧……」

「去通子小姐那裡嗎？」

「是。」

晴明面露微笑。
「通子小姐現在大概因為患上不明所以的病，一直昏睡著。到了夜晚，她的靈魂大概又會出竅，離開身體前來此處，之後，再重複做著您之前看見的那種事……」
「真的？」
「是。說不定他們已經延請某處的和尚或陰陽師，正在作法呢。若是那樣，或許會揭開事情的真相，那麼，您對小姐下了咒的事也會敗露，或者，小姐會陷於更危險的狀況……」
「更危險的狀況？」
「小姐的靈魂在外面遊蕩時，萬一不小心遭遇什麼事，導致小姐的靈魂無法回歸原處，那麼，小姐將終生都在糺森內流浪，以啖噬昆蟲為生，直至她的肉體滅亡那一刻。」
「那、那該怎麼辦？」
「您只要帶我到小姐處，然後向對方說：您聽聞小姐生了病，今日特地帶安倍晴明前來治病，再拜託對方將小姐交給您和我包辦……您只要向對方如此說，剩下的事就順其自然吧。」

「那、那，萬、萬事都拜託你了。」

爲次向晴明行了個禮。

「那麼，我們先找根棒子搗壞那個蜘蛛網，再出發前往六条吧。」

晴明說。

七

一行人抵達六条後，果然如晴明所說，通子小姐一直陷於昏睡。

出來迎客的家裡人說，他們已請了陰陽師，預計今晚會來治病。

「既然有我晴明到此，那個陰陽師也就沒事可做了。」

晴明如此說後，坐在通子小姐枕邊，將右手擱在小姐額頭，低聲地念誦起不知內容爲何的咒語。

過了一會兒，通子小姐睜開眼睛，望著晴明。

「您醒了?」晴明問。

「是……」

小姐答。

「我好像做了很可怕的夢……」

「今晚起，您就不會再做那種夢了。」

晴明溫柔地笑著。

「這一切，都托這位爲次大人的福。」

最後說了這樣的話。

之後——

爲次開始往訪通子小姐家的好消息也傳進晴明和博雅的耳裡，只是，到底持續了多久，則不得而知。

新山月記

一

橘季孝是個性格孤傲的漢子。

容貌魁偉——

體毛濃密。

不僅鬍鬚，胸部、小腿，甚至手臂都毛烘烘的，不要說前臂了，連手背也長滿了毛。

臂力很大。

據說，他曾經赤手空拳打死山豬，並吃下那山豬的肉。

不過，他頗有文采。

從小便能背誦《白氏文集》，還未拿毛筆前，即用棒子在地面作詩。

奇怪的是，季孝作的詩與他的外貌大相徑庭，感情細膩且深厚。

在所有詩人中，他特別鍾愛唐國的白樂天。

「說起唐國詩人，雖然有李白翁，但還是白樂天位居第一。」

他如此說。

「而在我們日本國，雖然應該先舉出菅原道眞公的名字，不過，就當前來說，大概是橘季孝……也就是我位居第一吧。」

說完，用端著酒杯的手拍拍自己的胸脯，把酒灑了一地。

酒興大起時，他會朗誦白樂天的詩。

進入大學寮[1]之後，他夢想將來能當上文章博士[2]，不料，每次應試，都名落孫山。儘管如此，他在三十歲時，好歹也當上了擬文章生[3]。

他只能咬牙切齒地旁觀同學年的人陸續通過考試，成爲文章生或文章得業生[4]。

每次和同房的人喝酒，他總是吐出帶著酒味的氣息說：

「我竟然和你們同是擬文章生……」

只要喝酒，他便會鬧酒瘋，行爲粗暴無禮。

「像我這麼多才的人，難道必須埋沒在此敬陪末座，如此沒沒無聞而終嗎……」

鬧到最後，乾脆放肆大言道：

「這年頭，若不姓大江，便永無翻身的一天。」

季孝之所以抬出「大江」一姓，其實有其理由。

---

1 平安時代官僚養成機關，學生為官僚候選人。約成於七至八世紀。

2 官吏培育機關大學寮的教官，專門教授詩文與歷史，官位從五品下，唐名為翰林學士、文章學士等。

3 日本平安時代，在大學寮學習詩文和歷史，通過寮試的人才能當上擬文章生。之後，若再通過考試，則可以當上專修文章道的文章生。

4 在文章生中挑選兩名成績最優秀的人，成為擢用官僚考試中屬最高等級的秀士、進士應試候補生。

當時的文章博士有兩名空缺。

雖然可以讓兩人同時擔任文章博士的職位，但是，自從大江維時[5]於延長七年成爲文學博士，大江朝綱[6]也登上另一文章博士的寶座後，兩名文章博士的空缺便始終由大江氏一族人世代相傳。

換句話說，文章博士的職位已近乎世襲。

季孝不滿的正是這點。

不過，文章博士雖只有兩人，其下的文章得業生也有兩名空缺，再其下的文章生則有二十人左右。

季孝居於更底下的擬文章生。

季孝認爲，就文章領域來說，自己比任何人更富文采。

然而，正因爲他老是這副德行，到最後終於沒有人願意接近他。只有一個名爲瀨田忠正的人很喜歡季孝的詩。

「你戒酒吧。」

瀨田故此規勸季孝。

「我不管你的下場會怎樣，但我非常惋惜你的詩才，所以才會這樣說。」

5日本平安時代中期貴族、學者、漢詩人，八八八～九六三年。於九一六年成為文章生，九二一年成為文章得業生，九二九年兼任文章博士。與大江朝綱是堂兄弟。

6日本平安時代中期貴族、學者、書法家，八八六年～九五八年。於九一一年成為文章生，九一六年成為文章得業生，九三四年兼任文章博士。與大江維時是堂兄弟。

可是，季孝不聽忠告。

生計每況愈下，本來爲數即少的下人也漸次離開，末了，連糧食也吃光了，季孝每天都靠飲酒充飢，終於一病不起。

高燒炙烤著他的身體。

「熱呀！」

「熱呀！」

季孝瘦骨嶙峋，如同亡靈般發出呻吟。

他對自己的身體發出的高燒已忍無可忍。

宛如地獄之火在體內燃燒著他的身體。

季孝終於發狂了。

他在某年的悽愴秋天，口中發出吼聲衝出宅邸，之後便行蹤不明。

二

「哇，這事件眞離奇，是不是？晴明……」

源博雅把酒杯端離脣邊。

「嗯。」

晴明點頭，他沒有伸手去端盛滿酒的酒杯，只是望著夜晚的庭院。

此處是安倍晴明宅邸——

晴明和博雅坐在宅邸的窄廊上，正在喝酒。

已是晚秋。

青白月光映照著即將枯萎的秋天野草花。

季節正處於隨時都可能降下初霜的交替時期。

剛才博雅說的離奇事，指的是最近轟動京城的野獸事件。

事情起於八天前的夜晚。

據說，那天，藤原家文同幾名隨從往訪女子住處。

一行人順著四条大路西行。

過了朱雀院一帶時，從前方——亦即西方，有一頭不知是什麼的巨大黝黑野獸，正不慌不忙地走過來。

不是狗。

也不是狼。

亦非山豬。

是從未見過的野獸。

非要形容的話，那野獸看似一隻巨大的貓。

比拉著家文所搭牛車的那頭牛還要巨大。

到底是什麼？

一行人連納悶的時間都沒有。

吼！

那頭野獸發出吼聲衝過來。

起初是手持火把的隨從遭襲擊，野獸僅一口便咬下他的頭顱。

接著，野獸用前肢擊倒第二名犧牲者，再啖噬他的肚子。

這時，所有隨從均東逃西竄，牛車內只剩家文一人。家文在牛車內一面渾身發抖，一面聽著隨從的肚子遭啖噬的聲音。

哧！

哧！

起初是野獸用嘴巴撕裂隨從肚子肉的聲音。

喀！

咕！

繼而傳來咬碎骨頭的聲音。

「痛呀！」

「痛呀！」

肚子被吃掉的男人發出叫聲，過一會兒，便不再有聲響，黑暗中，只能聽到野獸啖噬人肉和骨頭的嘖嘖聲。

到底什麼地方出錯了？

這天夜晚，家文特地讓專屬陰陽師算好方位，並先到其他方位避邪[7]後才上路。

一切萬無一失。難道不小心衝撞了連陰陽師也不知其存在、來路不明的神明路經之途？

家文淚流滿面地合掌。

不久——

野獸吃掉兩個人後可能已經飽餐一頓，不知不覺中，咀嚼人肉的聲音歇止，家文聽到野獸那沉重的動靜聲。

野獸踏著地面漸行漸遠。

接著傳來聲音。

7 原文為「方違」。陰陽道中，天一神、金神等所在的方位為凶，外出時要避開，前一夜在其他方位住一晚再前往目的地。平安時期盛行。

分散骨肉戀
趨馳名利牽

聽起來似乎是詩句。

一奔塵埃馬
一泛風波船

不知是誰邊吟誦詩句，邊隨著野獸的動靜遠離現場。

到底是誰？

那人和野獸在一起，難道他不怕野獸攻擊？

抑或，是野獸在吟誦詩句？

忽憶分手時
憫默秋風前
別來朝復夕

積日成七年

過一陣子，吟詩聲和野獸的動靜完全消失了。

但是，家文在牛車內依舊無法動彈。

家文一直躲在車內發抖，直到逃離的隨從於清晨回到原處向牛車搭話。

七天前夜晚及三天前夜晚也都發生了同樣的事。

七天前夜晚是藤原定忠，三天前夜晚則爲源信之，兩人都吃了同樣苦頭，在場的五名隨從也遭野獸吃掉。

兩次的倖存者都聽到有人在野獸離去時大聲吟誦詩文。

花落城中池
春深江上天
登樓東南望
鳥滅煙蒼然
相去復幾許
道里近三千

平地猶難見
況乃隔山川

吟誦聲聽起來很淒涼。

到底是誰在吟詩？

由於現場除了野獸外，不見其他任何人，因此眾人都猜測可能是野獸本身在吟詩。

事後，把聽到詩文的人所記住的詩詞湊在一起。

「這不是白樂天的〈寄江南兄弟〉嗎？」

有人如此說。

經查驗後，果然是白樂天的詩。

可是，即使是野獸在吟誦這首詩，牠又爲何要吟誦呢？

不明所以的地方太多了。

就算是野獸，那麼，爲何野獸能夠說人話？

「哎呀，應該不是普通的野獸。根據看到的人說，那可能是老虎。我們日本國雖沒有老虎，但老虎是可與龍並稱的神獸。若是神獸，應該能說人話

吧。」

也有人如此說。

結果，眾人到最後依舊摸不著頭腦，倒是再也沒有人敢在夜晚走在京城的街路上了。

三

「晴明啊，雖然我還沒有見過所謂的老虎，但我們日本國真的有老虎嗎……」

博雅問。

「據我所知，我倒是不曾聽過他人提起。不過，即使沒見過也沒聽過，也不能斷言老虎絕對不存在……」

晴明低語。

空氣愈來愈冰冷。

儘管一旁點著一盞燈火，卻怎麼也無法提高空氣的溫度。只有分別擱在晴明和博雅面前的火盆內的火，勉強有一絲溫暖而已。

博雅因這回的老虎風波，天還未黑便來找晴明，今晚預計在晴明宅邸過夜。

兩人慢條斯理地喝著酒。

「有訪客光臨。」

蜜蟲過來通報有客人來訪。

「是誰？」晴明問。

「是瀨田忠正大人宅邸的人。」蜜蟲答。

「怎麼回事……」

晴明歪著頭，因爲他沒有安排此事。

今晚完全沒有任何訪客預定前來。

再說，由於老虎風波，宮廷內也應該沒有人會在夜晚到處走動。

「晴明啊，瀨田忠正是擔任文章得業生的瀨田大人嗎……」

「嗯。在這種時刻來訪，應該有什麼特別重大的理由吧。」

晴明喃喃自語。

「讓他進來。」

晴明吩咐蜜蟲。

過一會兒，蜜蟲領著一名年約六十歲，看上去風度不錯的男人進來。

「在下名爲伴仲臣。」

男人在晴明和博雅面前坐下後，先行了個禮打招呼。

晴明和博雅也各自報上姓名應對。

仲臣打算繼續寒暄時，晴明先開口：

「您在這種時刻來訪，看來應該發生了急事。客套話暫且免去，先說您來此的目的吧。」

「那麼……」

仲臣再度行了個禮，開始述說。

四

「我必須出門一趟。」

據說，三天前，瀨田忠正說出這種話。

當時是夜晚。

瀨田沒有說理由。

他只是一味地說：

「我想出門。」

「最近街談巷議的那頭野獸會在夜晚出現，請您等到白天再出門吧。」

家裡人阻止，但瀨田不聽。

「就是會出現，我才想出門。白天野獸又不出現，我那時出門有什麼用？」

「難道您爲了去見那頭不知是老虎還是什麼東西的野獸，才要出門嗎？」

「正是這個意思。」

「請您不要這樣做。」

「不，我一定要出門一趟。」

「到底爲了什麼？」

「總之，一定要去。」

忠正沒有說出必須出門的理由。

「你們不用跟來。我一個人去就行。萬一發生了什麼事，也由我一個人承擔。」

「千萬不能這樣做。」

雙方如此爭辯了三天，今晚，家裡人突然發覺忠正失蹤了。

「忠正大人一定是出門去見那頭野獸。」

仲臣說。

「我們爲了找忠正大人，也一起出來了。」

四名隨從負責舉火把。

五名隨從攜帶弓箭。

五名隨從手持長刀。

加上仲臣，總計十五人打算去尋找忠正。

而且另有十四名隨從在門外待命。

「可是，你們爲何來我這裡？」

晴明問。

「雖然我們備好這麼多武器，但仍感到很害怕。如果對方是像山豬或野鹿般，射出箭便能刺傷，用長刀砍也能砍傷，我們應該可以用這些武器對抗。但是，那頭不知是老虎還是其他東西的野獸，聽說不但會說人話，也會吟誦詩文。既然如此，那頭野獸或許便是刀槍不入的妖物。萬一眞是妖物，我們便無計可施。因此，我們想拜託晴明大人同我們一起去，雖然明知這樣做太無理，也很失禮，仍前來求您相助。」

仲臣深深行了一個禮。

「我們的主人忠正平素格外關照我們。碰到這種情況，我們不能光是束手待在宅邸等主人回來。倘若晴明大人不願意同我們一起去，我們仍打算去找我們的主人。」

仲臣說得很乾脆，宛如用刀刃一刀砍斷竹子那般。

「我跟你們去。」

晴明不假思索地答。

「恰好我剛才也和這位源博雅大人正在談論那頭老虎的事。」

「噢，太感謝您了。」

「那麼……」

話還未說畢，晴明已站起。

「喂，晴明，你眞的要去嗎……」

「嗯。」

晴明點頭。

「博雅大人，您就在舍下休息至明天早上吧。」

晴明向博雅行了個禮。

「我也去。」

博雅也站起身。

「您是說眞的？」

「當然是說眞的。」

「您願意跟我們一起去？」

「嗯，去。」

博雅斬釘截鐵地答。

「那麼，走吧。」

「嗯，走。」

事情就這麼決定了。

五

博雅本來就帶來五名隨從——兩名攜帶弓箭，三名手持長刀，讓這些隨從加入隊伍，人數便增多，再加上晴明和博雅，總計有二十二人出發。

深夜——

一行人在四条大路繼續往西前行，通過朱雀院後，終於在淳和院附近找到了忠正，那兒正是野獸第一次出現的地方。

瀨田忠正獨自一人站在四条大路正中央的月光下。

「忠正大人，幸好您沒事……」

仲臣奔過去，卻又暗吃一驚止步。

因爲他看到茫然呆立的忠正，雙眼噙著淚光。

「他走了……」

忠正喃喃自語。

「他終於走了……」

忠正看到仲臣背後的晴明和博雅。

「噢，晴明大人，博雅大人……」

忠正有氣無力地說。

「到底發生了什麼事……」晴明問。

「我的朋友，他走了……」

忠正細聲如此說。

六

忠正爲了尋找傳聞中的野獸，在京城大街上走著。

獨自一人。

可借助的僅有月光。

他走過朱雀大路、二条大路、三条大路，再走向四条大路。

四条大路是藤原家文最初遭遇野獸的街道。

忠正往西方走著走著，發現前方路中央蹲伏著一座小山般的東西。

挨近一看，那東西驀地站起。

是一頭比牛更巨大的老虎。

老虎全身沐浴著月光，青光閃閃。

牠那雙發出綠光的眸子正望著忠正，喀一聲張開下顎。

銳利的長牙映著月光閃了一下。

吼！

老虎吼了一聲，撲向忠正。

忠正仰面朝天倒地。

老虎將前肢擱在忠正的腹部，張開大嘴正要吞噬忠正時，卻突然停止動作。

「原來是忠正……」

不料，張開的虎口竟發出人的聲音。

「我差點吞噬掉我唯一的老朋友。」

老虎挪開前肢。

「你、你，是季孝嗎？」忠正問。

「是的。」

老虎發出老朋友的聲音答。

「果然是你……」

「忠正，你知道是我，所以才來的嗎？」

「我聽說老虎朗誦了白樂天的〈寄江南兄弟〉。我想，或許是你，所以來了。因爲你以前很喜歡那首詩。萬一不是你，就算我被老虎咬死，我也無所謂……」

「你怎麼做這種傻事。幸好現在的我具有人心，但有時我會失去人心，完全變成老虎。若是在失去人心時遇見你，我一定會把你吃得一根骨頭都不留。即使此刻，我體內的老虎心也在狂喊著很想吃掉你。有時，我會很想吃人肉，想得簡直要發瘋。我現在正是忍耐著嘴饞在和你說話。」

「你以前救過我一條命。就算現在讓你奪走我的命，我也心甘情願。」

「我早已忘了……」

「那是十年前的事。我患上時疫，正在生死關頭，所幸你設法找了藥送來給我……」

「我只是從典藥寮偷藥給你而已。因爲當時只有你一人對我好……」

「不，我當時只是很喜歡你的詩而已。你不是經常在我面前吟誦你作的詩嗎……」

「是嗎？我都忘了。」

「你怎麼會變成老虎呢……」

聽了忠正這句話，老虎仰望著月亮，哀切地狂嗥了一聲。

七

有一天，我發了高燒。
全身燒得很難受。
燒到我以爲手腳骨頭扭曲，甚至連頭骨都歪了。
而且身體癢得很，我用指甲抓癢，卻無濟於事。
——啊，如果這指甲再長一點。
我這麼想著，結果，指甲眞的變長了，我用變長的指甲剮肉般地不停往全身搔抓，但依舊癢得很。
回過神來時，我發現自己一絲不掛，滿身是血。卻仍在搔癢。
搔著搔著，手臂和腹部竟一根接一根長出毛來。
那是獸毛。
接著，背部喀地發出聲響，脊骨歪了。手也開始變形。
不知怎麼回事，那種滋味，竟有一種說不出的舒服。
在那之前，我活得很痛苦很痛苦，我一己的傲慢、一己的好勝，仇恨心

和嫉妒心幾乎令我發狂，但長出毛那時，我突然覺得很舒暢。

我往前奔馳，奔進山野，然後，不知不覺中，我就淪落成這副見不得人的野獸模樣。

這也難怪。

仔細想想，之前的我的心，雖然裹在人體內，其實早就跟現在這種見不得人的獸心沒有兩樣。

我變成這種見不得人的模樣後，總算明白了一件事，忠正啊，無論任何人，內心或多或少都隱藏著一頭野獸呀。只不過我的獸心比別人多了一點而已。

然而，變成老虎時，我也留下了不少人心。

可是，肚子餓了時，我眞的無計可施。

最初是兔子。當我看到恰好出現在我眼前的兔子，我頭暈目眩，完全失去了理智。待我回過神來，我已經殺死了那隻兔子，正在貪婪地啖噬兔子的血肉。

對變成老虎的我來說，無論野鹿或山豬，都能輕而易舉地獵捕。而且每次吞噬牠們的血肉時，我自己也明白了一件事，那就是我逐漸遠離京城與人類，連心也逐漸變成野獸。

不過，即使我再接近野獸，我也忘不了詩。

有一天，我哼著白樂天的〈寄江南兄弟〉，吟誦到「積日成七年」這句時，突然想起，我變成野獸後，已經是第七年了。

於是，我回到京城。

爲什麼？

你不要笑我，因爲即使我變成這種樣子，我內心仍有一種情感在熊熊燃燒。

有時詩情會滾滾湧出，令我無法遏抑。

每逢這種時候，我便對著天空咆哮著詩。

雖然我作的詩都不怎麼樣，但我也想在這世上留下幾首作品。

我想趁我還留有人心之際，向某人講述我的詩，再讓那人寫下來。

然而，當我回到京城，看到人時，我竟然忘了本來的目的，不但襲擊了他們，更啖噬了他們的肉。

我想，我大概已經無法如願以償在這世上留下我的詩，於是在月光下哭嚎，沒想到，忠正啊，此時你恰好出現了。

我拜託你一件事，我現在念詩給你聽，你幫我寫下來好不好？
你辦得到嗎？
有沒有筆？
那你把我的鮮血當作墨汁寫下來好了。
你看，我就這樣咬破我的手臂，讓鮮血流出。
你用筆蘸著我的鮮血，在你的衣袖，寫下這首詩吧——

拾得折劍頭
不知折之由
一握青蛇尾
數寸碧峰頭
疑是斬鯨鯢
不然刺蛟虯
缺落泥土中
委棄無人收
我有鄙介性

好剛不好柔
勿輕直折劍
猶勝曲全鉤

拾得一把折斷的劍頭
卻不知這把劍頭爲何折斷
握著它時，它宛如青蛇尾
宛如碧峰山頂僅有數寸之處
難道這把劍頭是用來斬鯨鯢的？
或是用來刺大河裡的蛟龍？
如今刀刃缺了落在泥土中
遭委棄無人肯收
我個性愚笨又固執
好剛強不好柔軟
但請勿輕視這把因過於筆直而折斷的劍
至少比雖彎曲卻安全的鉤來得好

身爲老虎的季孝吟誦完詩。

「那麼，別了。」

繼而站起身。

「我很想再和你多聊一下，但是，我不知何時又會起虎心，到時候說不定會想吃掉你，所以……」

季孝說完，吼了一聲，隨即踏著青白月光離去。

這時，晴明和博雅、仲臣以及其他人剛好趕來。

八

「原來如此……」

晴明說這話時，遠處傳來一陣低沉淒涼的聲音。

是吟誦詩文的聲音。

今日北窗下
自問何所為

欣然得三友
三友者為誰
琴罷輒舉酒
酒罷輒吟詩

今天在北窗下
我問自己到底在做什麼
再自答：得了三個朋友很高興
三個朋友又是誰呢？
彈琴彈完了，馬上舉起酒杯
酒喝完了，又馬上吟起詩

原來三個朋友即琴、酒、詩，看來身爲老虎的季孝一面離去一面在吟詩。

三友遞相引

循環無已時
一彈愜中心
一詠暢四肢
猶恐中有間
以酒彌縫之
豈獨吾拙好

聲音緩緩地漸行漸遠。

忠正傾耳靜聽那聲音，淚流滿面。

「您為何哭泣呢？」博雅問。

「那首詩，季孝現在吟的那首詩是……」

「是白樂天的〈北窗三友〉吧？」晴明道。

「是。」

「剛才您說的那首季孝大人作的詩，其實也是白樂天的……」

「正是白樂天的〈折劍頭〉……」

忠正的雙眼簌簌落下豆大淚滴。

「這麼說來，季孝大人以爲是自己作的那首詩……」博雅說。

「大概是他在山中的時候，想起了白樂天的詩，結果誤以爲是自己作的吧……」

「這……」

折斷的劍頭，是季孝本身。

他到底和什麼搏鬥而折斷了自己呢？

對方是巨大的鯨鯢嗎？或是蛟龍呢——

沒有人知道答案。

眾人只聽見吟詩聲逐漸遠去，逐漸變小。

「我們好像什麼忙都沒幫上……」博雅說。

「博雅，這是很正常的事。畢竟第三者無法阻止當事人變成老虎。」

「是嗎……」

「嗯。」

「大概如此吧，晴明。可是，我現在……」

「你現在怎麼了？」

「我總覺得很悲哀，晴明……」

博雅以極爲溫柔的聲音低聲說。
吟詩聲在月光中益發遠去，也益發變小。

古人多若斯
嗜詩有淵明
嗜琴有啓期
嗜酒有伯倫
三人皆吾師
或乏儋石儲
或穿帶索衣
弦歌複觴詠
樂道知所歸
三師去已遠
高風不可追
三友游甚熟
無日不相隨

左擲白玉卮
右拂黃金黴
興酣不疊紙
走筆操狂詞
誰能持此詞
為我謝親知
縱未以為是
豈以我為非

此刻，那聲音已細小得如同樹葉的沙沙聲，過一會兒，即溶於月光中，再也聽不見了。

遂問曰：
「子為誰？得非故人隴西子乎？」
虎呻吟數聲，若嗟泣之狀，已而謂傪曰：
「我，李徵也。君幸少留，與我一語。」

取自《唐代傳奇集2》東洋文庫（平凡社）

張讀〈老虎與好友〉[8]（前野直彬譯）

8此處取中文原文呈現。本文為唐傳奇小說。原載於《太平廣記》卷四百二十七，題作〈李徵〉，注出《宣寶志》。《古今說海》取入此篇，易名〈人虎傳〉，作者為張讀。敘述李徵化虎，託友袁傪照顧妻兒的故事。李徵、袁傪史有其人，但化虎情節顯係作者創造。

牛怪

一

橘貞則心想，事情眞的變得很奇怪。

到底是怎麼回事呢？

原因是女人。

雖然對方不是自己的妻子，卻是近似妻子的女人。

貞則是檢非違使[1]官員。

他任職看督長，屬下約有十名火長[2]。

他在六条東方——鴨川一帶，擁有一棟雖小但也算得上宅邸的房子。家裡也有幾名下人。

早上出門工作，黃昏返回。

有市集的日子，他會騎馬穿過都城的大街小巷前往集市巡視；有時候皇上到某地巡幸，他便擔任警衛。至今爲止，雖沒有建立大功勞，但也沒有什麼特別過失之處。

他適度地步上發跡之路，最後登上眼下這個地位。如果沒有發生什麼

1平安時代的警察司法總監，類似現代的警察或檢察官。
2下級官員，負責清掃宮中、照顧馬廄、看守囚人等雜事。

事，應該可以升任府生，甚至爬到府生階級之上的少志、大志[3]地位。

大概是去年秋天，他遇到那個女人。

某天夜晚，天空出現很多流星，傾瀉而下。

「這是凶兆。」

似乎有某位陰陽師如此說。

雖然貞則完全不明白箇中細節，不過，

「這應該是天象將發生禍事的預兆吧。」

皇上對陰陽師說的話深信不疑，極爲介意，下令增加皇宮周圍和京城大街小巷的警衛，貞則也奉命擔任警衛。

戒嚴狀態持續了十天左右，結果，什麼事也沒有發生。

那是當然的。

星斗本來就經常流動，經常傾瀉。每年秋天，許多星斗那樣流動是很常見的事。如果每次都耿耿於懷，日子不是都別過了嗎——

大概在第三天還是第四天，眾人總算恢復常態，按照平素那樣工作。

貞則帶著火長前往西京巡視。

因爲西京有幾座破廟，也有不少已經沒有人住而任其荒廢的房子，野地

---

3 府生、大志、少志皆為禁軍官階。安倍晴明時代應隸屬於左右衛門府，執掌宮城外圍警衛工作。少志相當從八品上，大志相當於正八品下。

盗賊等時常以之爲根據地，做些壞事。正是在那裡，貞則遇到了那個女人。

那女人在一座四周圍有土牆的破廟內。

年齡約二十五左右。身上穿著一件雖陳舊，但看上去身分不低的唐式衣裝，身邊伴著一名抱著水缸的老婦。

而且，她們還帶著一頭大黑牛。

她們從土牆崩塌處進入寺院，讓那頭牛吃著遍地叢生的野草。

這兩個女人怎麼做著放牛小孩兒那般的事呢？

再仔細一看，那女人的長相非常高貴，坐在垂簾內可能比較相襯，而且衣服似乎熏了什麼香，愈是接近，香味愈是隱約可聞。

貞則一方面很感興趣，另一方面基於任務，不得不訊問她們。

「妳們是什麼人，在這裡做什麼？」

老婦回答。

「這位是我的主人幡音小姐。由於我們不能繼續待在至今爲止住的地方，前些日子離開了，但我們也沒有地方可去，所以躲在這座破廟內。」

「到底發生了什麼事，讓妳們不能繼續住在原處呢？」

「我家主人曾有一位親近多年的對象，卻因爲種種理由，對方只能一年來訪一次，我們始終過著寂寞的日子。不知何時起，對方與其他女人相愛，前幾天，對方終於和那個女人不知躲到哪裡去，行蹤不明。恰巧對方留下一頭牛，我們就這樣帶著牠四處流浪，算是一種紀念……」

「至今爲止，妳們到底住在哪裡？失蹤的那一位又是誰？」

這提問雖然有點深入，但任務在身，不可不問。

再說，貞則也很好奇。

到底是怎樣的人物擁有如此美麗的妻子呢？

貞則的腦中浮現在宮中出入的人，尋思最近有沒有人失蹤，無奈完全沒有線索。

「非常抱歉，因爲考慮到對方的立場，我們沒辦法向您說出他的名字……」

由於老婦如此說，貞則也情不自禁地脫口而出。

「沒關係。」

無論對方有怎樣的原委，一個女人和一名老婦帶著一頭牛住在如此地方，委實很奇怪，只是，那女人不時以閃閃發光的眼神向貞則送秋波，貞則便在不知不覺中點了頭。

總之，不論她們有什麼隱情，反正最近也沒有發生盜賊事件，而且，即使發生了，貞則也不認爲與眼前這兩人有關。

「我就不問妳們的情況。可是，妳們也不能老待在這樣的地方吧。妳們有什麼去處嗎？」

「沒有。」

老婦答。

「倘若您不介意，能不能讓我們主僕兩人暫時住在貴府呢？我家主人很擅長織布，住在貴府期間，我家主人可以幫您織布。而且我擅長做各種各樣的雜事，我也可以幫忙做貴府的各項事務。」

「好。」

貞則答應了老婦的請求，讓這兩個出身不明的女人與牛一起住進自己的宅邸。

二

女人確實很擅長織布。

織出來的布，紋理細緻，拿在手上，輕得讓人感覺不到絲毫重量，而且柔軟。

跟隨幡音的老婦，無論準備膳食、洗滌、縫紉，做什麼事都很精通，工作勤勞。

至於那頭牛也是，本來繫在馬廄，但牛很老實，也聽得懂人說的話，照顧起來完全不費工夫。老婦似乎每天中午拉牛出去一次，讓牠在外邊某處吃草。

貞則每天於早上出門，黃昏回到家時，家中不但收拾整齊了，晚飯也已準備就緒。

於是貞則在工作上也很起勁。

不到一個月，貞則便與幡音成爲夫婦。

貞則於四年前喪妻，由於膝下沒有孩子，父母也已經不在人世，因此幡音便順理成章地儼然一副貞則妻室的姿態，掌管著宅邸內的大小事。

貞則對幡音沒有任何不滿，正打算乾脆迎娶幡音爲眞正的妻子時，他察覺到一件怪事。

最初注意到那件事時，是過了年之後。

夜晚——

貞則偶然醒來，往旁一看，發現本來應該睡在旁邊的幡音不見了。

因當時處於半睡半醒的狀態，貞則就直接又睡著了，可是，早上醒來一看，幡音竟好好地睡在原處。

貞則原本懷疑自己是不是做夢了，但之後某晚，他半夜醒來一看，幡音果然不見蹤影，正狐疑著發生什麼事的當兒，他又落入睡鄉，早上起來一看，幡音仍好好地睡在原處。

之後，白天的幡音和平時一樣，沒有變化。

大概出去小解了吧——貞則原本如此想，不過，某天晚上，幡音不在房內時，貞則醒著等候，卻怎麼也不見幡音返回。貞則很擔心，近黎明時，幡音才回房。

而且，返回時，幡音挨近貞則，立在貞則一旁，貌似在俯視貞則的睡臉。幡音挨近時，雖然貞則慌忙合上眼，卻一直感覺到幡音俯視自己的動靜。

貞則突然覺得很可怕。

至今為止，貞則也想試著如此問：

「妳好像屢次在夜晚起來，妳都在做什麼呢？」

但每次總是錯過詢問的時機，於是漸漸變得很難開口，到最後終於不提這件事，之後便變得不敢開口詢問。

可是，幡音每天夜晚出門到底都在做什麼，令貞則很掛意，導致貞則夜夜失眠。

因此，貞則決定試著跟蹤幡音。

夜晚，貞則在黑暗中果然聽到幡音驀地起身的動靜。

貞則繼續文風不動裝作呼呼大睡的樣子。

幡音似乎探看著貞則的樣子一會兒，不久便起身走出房間。

稍微遲一步，貞則也起身，偷偷跟在幡音身後。

那天是月夜。

來到外邊的幡音，在月光中走向馬廄。

突然——

「您來了嗎？」

聲音傳來，緊接著那名老婦把牛從馬廄中牽出來。

老婦用右手拉著繫牛的繩索，左臂抱著水缸。

「辛苦了。」
幡音跨上牛背說。
「我也……」
老婦將抱在懷中的水缸拋在地面，跨在其上。
之後，水缸在老婦的胯下滾滾鼓漲起來，變成剛好能跨坐的大小。
「走吧。」
幡音騎的牛，輕飄飄地浮到半空，直接奔向夜晚的天空。
「我也走吧。」
老婦用左腳後跟踢踢水缸，載著老婦的水缸也輕飄飄地浮到半空，追趕在幡音身後。
就那樣，兩人的身影飛向月亮高掛的夜空，最後失去蹤影。
橫躺在床上後，貞則的雙眼分外明亮清醒，根本睡不著。
黎明時分——
貞則裝睡，幡音像平時那般回來了。
她俯視著貞則的臉，觀察貞則的鼻息好一會兒。
貞則即使合著眼，也能察覺幡音的動靜。

心臟跳得很激烈，激烈到甚至敲打額角，不過，貞則仍拚命保持文風不動，不讓鼻息有絲毫凌亂。

這是昨夜發生的事。

三

貞則感到左右爲難。

他面帶難色地走在京城大道上。

今天早上，貞則雖設法矇混過去了，不過，明天或後天，他能繼續矇混過去嗎？

一天、兩天、三天的話，或許還可以，四天、五天、六天的話，就無法再隱瞞下去。

到最後，女人一定會問起，然後貞則自己也會坦白說出昨夜看到的事。

貞則一副悶悶不樂的表情，騎著馬，在四条往西前進。

當他剛穿過朱雀大路附近時，有人向他搭話。

「你有困難吧？」

是男人的聲音。

貞則停下馬，望向聲音傳來之處，原來有名身穿破破爛爛黑色圓領公卿便服的老人，正站在右側柳樹根望向他。

白髮，白髯。

頭髮雜亂得如飛蓬，朝上豎起，滿是皺紋的臉中，一雙閃亮的黃眸正在仰視貞則。

兩人四目相交。

「看來你眞的感到很爲難。」

老人咧嘴嗤笑。

可以看見黃色的牙齒。

事情太突然，貞則不知該如何回答。

「什、什麼意思？」貞則反問。

「我知道了……」

老人從下方往上窺視貞則的臉。

「是牛的事吧？」老人說。

「牛？」

「是的，正是牛。」

「你……」

「這個嘛，我幫你想辦法解決。」

「不，哦，我沒有什麼爲難的事……」

貞則一面介意旁人的眼光一面答。

說是旁人的眼光，其實只有徒步跟隨的兩名火長和兩名獄卒的眼光而已。

「你不用掩飾。你因爲牛的事而感到爲難。所以我才說，我幫你想辦法解決。」

「你、你、你到底是什麼人？」

「我是蘆屋道滿……」

被問的老人如此說，再度咧嘴嗤笑。

四

開始虧缺的月亮高掛在天空。

貞則與蘆屋道滿並肩站在月光中。
眼前是馬廄。
貞則的身體微微顫抖著。
「眞、眞的有那樣的事……」
說這話的貞則，聲音也微微顫抖。
「當然有。」道滿說。
「可、可是……」貞則極爲後悔。
他眞想逃離現場，現在的話，應該還不算太遲。
可是，站在這個老人的身邊時，雙腳會不聽指揮。
事情怎麼會變成這樣呢？
因爲昨晚在四条遇見了這個老人——蘆屋道滿。
那時，貞則讓火長和獄卒先離去。
反正他們都明白巡視路線。貞則盤算，讓四人先離去，聽道滿說完之後騎馬追趕，應該能立刻趕上。
蘆屋道滿這個名字，就連貞則也聽說過。
他是道摩法師——法師陰陽師。

貞則聽說的風聲都不太好。

有人說他可以往返地獄；也有人說在夜路遇見他的話，連鬼也會避開。

不過，貞則亦聽說他具有強大的法力。

倘若漠視這名道摩法師說的話，日後眞不知會遭遇怎樣可怕的事。再說，對方既然是道摩法師，說不定能設法解決自己目前身陷的爲難處境。

除了害怕對方，貞則內心另有上述想法。

而且，他怎麼知道牛的事呢？

既然對方了解得這麼徹底，貞則就無法自這個老人身邊逃離。

於是，貞則打算先聽老人如何說再做打算，因此讓火長和獄卒先離去，自己則下馬。

然而，道滿竟不提他爲何知道牛的事，反而催促說：

「那麼，你先說說何事爲難吧……」

黃色眼睛看人的力道太駭人，貞則完全無法拒絕。

老人一邊聽貞則說的話，一邊回應：

「原來如此，兩個女人啊……」

「是嗎？」

「唔，到了夜晚，就會外出嗎？」
有時一邊高興地笑著。
說到兩人騎上牛和水缸飛往夜晚的天空時，
「呵呵。」
道滿浮出滿面笑容，發出高聲。
聽完了貞則說的話後，
「那麼，就如我剛才所說，我設法幫你解決。」道滿說。
「眞的嗎？」
「眞的。」
「怎麼解決？」
「今天你回家後就這樣說好了：因爲臨時有事，明天晚上不能回家，後天才能回來……」
「可、可是……」
「你隨便編個理由吧，任你怎麼說都可以……」道滿說。
因此，貞則在前一天對幡音如此說：
「明天我不回來了。這是任務，我不能說出對方的名字，總之對方是位

4 位於今日本國京都滋賀縣。自古以來便是靈山聖地，為近畿百岳之一。

非常高貴的人，我必須當他的警衛，上比叡山[4]一趟。」

幡音凝視著貞則的眼睛，接著說：

「唉呀，那眞是太寂寞了，不過，既然是任務，那也沒辦法。請您一路小心……」

於是，貞則在這天巡視完畢後，不回自家宅邸，而是在鴨川與道滿相會，夜深後，再和道滿兩人潛入自家宅邸，現在正站在馬廄前。

「進去吧……」

道滿率先走進馬廄。

貞則本人隨後而進。

馬廄裡有貞則的馬，不遠處，那頭牛將腹部趴在地面正在熟睡。

月光照在那頭牛身上。

明明是自己家的馬廄，這樣偷偷潛入，總覺得很怪。

不知是不是察覺到人的動靜，那頭牛張開了眼。

眼睛閃爍著藍光。

「噢，正是這個。」

道滿在馬廄角落止步。

那口水缸正擱在該處。

正是這個——

貞則不明白道滿說的這句話到底是什麼意思。

「這水缸到底是什麼呢……」

「是上天的水缸。」

「上天的水缸!?」

「嗯。」

「這到底是做什麼用的……」

「鑽進去用的。」

「鑽進去!?」

「鑽進這個水缸內。」

道滿若無其事地說。

可是，水缸太小了。小得人根本鑽不進去。即使是身材矮小的人，或是女人和小孩，充其量也只能塞進一隻腳直到腳踝而已。就算能塞至腳踝以上，再後邊就進不去了。

「怎麼可能……」

「怎麼不可能。你不是親眼看過這水缸變大，還飛向天空嗎……」

「可、可是……」

「交給我辦。」

道滿把手伸到懷中，取出一張不知寫著什麼的符紙，交給貞則說：

「你把這個收進懷中……」

「是，是。」

貞則恭恭敬敬地接過符紙，放入懷中。

「這樣的話，那些傢伙就看不見你。你要注意，直到我說好爲止，你千萬不能出聲。」

貞則不出聲地點了幾次頭。

「現在還可以出聲。等那兩個女人來了之後，你就閉嘴。」

「是、是。」

「你探看一下。」道滿說。

「探看？」

「探看那個水缸。」

「水、水、水缸……」

「是的。」

被道滿這麼一說，貞則戰戰兢兢地挨近，從水缸口探看裡面。

裡面一片漆黑，完全看不見到底有什麼東西，也猜不出端倪。

「怎樣？能看到什麼嗎？」

「看不到。」

回話的瞬間，貞則的屁股被人砰地踢了一腳。

「哇！」

貞則往前摔，頭下腳上地滾入水缸。

「你、你到底在做什麼!?」貞則大喊。

「別吵。」

聲音自上方傳來。

如果仰視，大概可以看到道滿的臉正在上面俯視著。

「我也進去。」

首先，進來的是道滿的右腳。當右腳全部進來後，其次是道滿的左腳。右腳，左腳，接著是屁股，腰部，軀幹，依次進來後，最終是頭部，如此，道滿的身體全部進來了。

「這、這裡是……」
「是水缸內。」
「水、水、水缸內!?」
「是的。」
「怎麼可能!?」貞則說。
「噓!」
道滿說。
「有人來了。你聽好，從現在起，無論任何人說什麼，無論發生什麼事，除非我說可以，你都不能張口出聲。」
「明、明白了。」
貞則說畢，外邊傳來有人進入馬廄的動靜。
「哎呀哎呀，今晚總覺得人類氣味兒特別重。」
聲音逐漸挨近，突然，上面被老婦的臉給蒙蓋了。
貞則差點「哇」地叫出聲，幸好他趕緊捂住口，忍住不出聲。
輕飄飄地，水缸被舉起。
「準備好了嗎?」外面又傳來聲音。

是幡音的聲音。

「是，馬上好……」

老婦行走時的震動，都傳到她環抱在手臂中的水缸內。

看到上方被加上圓邊的夜空，而且夜空上月亮高掛時，貞則才明白已經來到外邊。

水缸被橫倒在地面。

「我們出發吧，漸台女。」幡音的聲音響起。

「是。」

老婦的聲音也響起，同時發出老婦用腳踢水缸的砰聲。

水缸輕飄飄地浮至天空。

懸浮感令貞則縮緊肛門。

外面迴響著咻咻風聲。

由於水缸口朝向前方，整個水缸迎風，呼呼作響。

貞則偷偷窺視外邊，眼下是雲海，上面是夜晚的天空。

皓月生輝，雲表面發出藍光。

貞則雖然害怕，可是，另一方又覺得眼前的一切太美了。

而且，飛在前頭的是騎在牛背上的幡音。
幡音身穿的衣服下襬，隨風飄揚，往後方翩舞。
不久，前方出現高山山頂。
騎在牛背上的幡音先降落在山頂，繼而老婦也站在山頂。
水缸滾動到牛的一旁。
貞則與道滿在水缸內一起望向外邊。
山頂布滿嶙峋岩石，在雲海之上，朝月亮高掛的天空突刺而出。
這座山相當高吧。
月亮看上去很大。
岩石之間聳立著紅柱子以及藍屋頂的樓宇。
有位頭上戴冠，身裹燦爛光輝服裝的白鬍子老人出來了。
不知老人的衣服是否用龍鱗製成，在月光的照射下，閃耀著七種色彩，冠上有鳳凰羽毛的裝飾，脖子上戴著用玉石連綴成串的項鍊。
「怎樣？找到了嗎？」老人問。
「不，還沒有……」幡音答。
「難道妳還不死心，還不願意回來嗎？因爲妳們消失了，現在全國都亂

成一團……」

「不找到，絕不返回。」

「就算找到了，妳又打算怎麼辦呢？要大卸八塊嗎？還是要勒死呢？或者活生生燒烤……」

「找到時，再考慮吧。」

「縱使我輩之人，所謂心這種東西，依舊變幻無常。沒有任何一顆心可以千年、萬年如一，始終不變。妳再怎麼追求那個虛幻的東西，也是徒勞無功……」

「我明白，父親大人……」

幡音垂下頭。

「請您再等一陣子。」

說這話的是老婦。

「啊，是漸台女嗎？」

「我們現在正帶著那位大人留下的牛，在一般認爲那位大人失蹤的場所附近四處奔走。只要能接近那位大人，牛一定會……」

「牠會知道嗎？」

「是。前些日子起，每次來到某宅邸前時，牛總是會止步，並發出聽起來像是很懷念某事的叫聲……」

「是誰的宅邸？」

「是一位名爲藤原兼家的大人宅邸前。」

「在那裡嗎？」

「可能在，不過，大概隱藏得很好，我們總是找不到。」

「這樣嗎？可是，你們離開後，天地之氣變得混亂。如果置之不理，這個天地將會步向滅亡。畢竟即使連這天地，也是會逝去的。因爲天地也無法保持不變，直到永遠……」

「我明白，父親大人。請您不要再說了。」幡音道。

「我再寬限妳三天。三天內若沒有找到，妳就回來吧。我明明知道妳現在身在何方，卻必須向大家保持沉默，我已經無法繼續隱瞞下去了……」

「是……」幡音說。

可能該說的話都說完了。

「那麼，我們回去吧。」

除了傳來幡音的聲音，也傳來老婦漸台女步向水缸的動靜。

老婦跨在水缸上，再度用腳後跟踢踢水缸肚。

水缸浮到半空中，呼呼迎風的聲音又響了一陣子。

水缸停止飛翔。

因爲幡音和漸台女的動靜消失了，以道滿爲首，其次是貞則，兩人依次從水缸爬出，來到外邊一看，眼前依舊是原來的馬廄。

不可思議的是，爬出水缸後，身體即恢復原來的大小。

「眞是不可思議……」貞則低語。

「這個……」

道滿將滾到腳下的水缸環抱在左臂中。

「道摩法師，剛才我們去的地方，到底是什麼地方呢？」貞則問。

「嘿，那個啊，你總有一天會明白的。總有一天……」

道滿一邊說一邊往前走。

「道滿大人，請等一等。我今後該怎樣做才好……」

「跟我來。」

道滿頭也不回地說。

兩人來到宅邸外邊。

在六条大路往東前行，來到鴨川河堤。
一輛牛車停在月光中。
不過牛一旁站的不是放牛小孩兒，而是一名身穿唐衣[5]的女人。
其他沒有任何人的身影。
「噢，來了……」道滿說。
「蜜蟲在。」
身穿唐衣，身上發出香味的女人答。
「晴明，我來了。」道滿開口。
「我們已經等了一會兒。」
牛車內傳出應聲，接著是兩個男人下來。
其中之一身穿寬鬆白色狩衣，另一位身穿黑袍。
「這位是土御門的安倍晴明，這位是源博雅……」
道滿向貞則介紹兩人。
「哎呀……」
貞則發出驚訝的叫聲。
晴明的右手提著用繩子綁住的瓶子。

5 宮廷女官正式禮服十二單衣最外面一層的短上衣。

「處理得如何呢？」晴明問。

「我難道會有疏忽的地方嗎……」

道滿舉起抱在懷中的水缸。

「不愧是道滿大人，這件事委託您去做，果然很正確。」晴明說。

「我們飛至遙遠的西方，好久沒有享受過如此美的景色。」

道滿心情很好。

「至於地點嘛，大概是聳立在唐土西方盡頭的崑崙山山頂。如果眞是崑崙山山頂，那我們在那裡見到的是……」

「天帝……」

「應該是吧。因爲女人呼喚對方爲父親……」

「您沒有出聲向對方打招呼嗎？」

「沒有。我若出面，會讓事情變得更複雜。我還是比較適合與地獄眾嘍囉對飲……」

聽道滿如此說，晴明微笑著。

「喂，晴明，難道你的意思是，道滿大人見到那位天帝了？」博雅問。

「沒錯，正是那麼一回事。」

「什麼……」博雅道。
道滿望著博雅笑著。
「正是這麼一回事……」
道滿當場開始述說貞則與女人相遇的來龍去脈，並向晴明報告了今晚發生的事。
「這樣應該夠了吧。」
「確實夠了。」
「那麼，我可以得到約定的東西嗎？」
道滿伸出右手。
「盛在這裡頭……」
晴明舉起提在手中的瓶子。
「是三輪的酒[6]。」
「給我。」
道滿從晴明的手接過瓶子。
「再怎樣說，這個水缸啊，是打天河的水給牛喝的天壺。只要斟滿一次酒，除非自己全部灑掉，否則無論喝掉多少，裡頭的酒也不會乾。這個缸

6 三輪山的清水是聖水，釀造出的酒是美酒。

子，我就當作腳力錢帶走了。反正他們一定還有數不清的缸子可以替換。」

「您喜歡就帶走吧。」

「你那邊辦得怎樣？找到東西了嗎？」

「在這裡。」

晴明輕輕拍打著懷中。

「那麼，剩下的，就隨你便吧，晴明……」

道滿說畢，背轉過身。

「我、我該怎麼辦……」

貞則朝道滿跨出半步。

「你去問晴明。」

道滿頭也不回地答。

五

擱在左右兩側的兩盞燈臺上，各燃著一束亮光。

在亮光中，晴明、博雅、貞則，以及幡音和漸台女相對而坐。

晴明恭敬地低下頭，之後說：

「我們找您找得很苦，織女大人。」

晴明如此稱呼對方。

「看來，您都知道了？」

被晴明稱爲織女的女人——幡音看上去一副已有心理準備的樣子。

「是去年秋天的事吧？天上有很多星斗落在地上。這個京城也……」

「是。」

「我們的工作是觀看天上的星斗，星斗落下後，我們仰望天空，都很吃驚。因爲位於天河兩岸的牛宿織女星[7]和牽牛星[8]都消失了。如果說詳細點，另有兩顆小星也……」

晴明望向漸台女。

「一顆是本來在牛宿織女星附近的漸台星[9]之一，另一顆是牽牛星附近的，女宿的離珠[10]……」

「……」

漸台女默默無言聽著晴明說的話。

「對地上的人來說，天星的位置很重要。因爲天氣和地氣互相呼應，地

---

7 織女一，又稱「天琴座α（α Lyr，α Lyrae）」，現代西方星座屬天琴座。亦為中國古代星官之一，為牛宿中的織女。

8 河鼓二，又稱「天鷹座α（Altair）」，現代西方星座畫分為天鷹座主星。星官為牛宿中的河鼓。

9 漸台為星官之一，屬牛宿，現代西方星座畫分為天琴座，含四顆星。漸台位於織女東南方，《晉書．天文志》：「織女東足四星曰漸台，臨水之台也，主晷漏律呂之事。」東漢之前織女三星和漸台四星原為同一星官，而漸台正是織女的織機，東漢後才一分為二，成為兩個獨立星官。

10 離珠為星官之一，屬女宿，含五顆星，現代西方星座畫分為天鷹／寶瓶座。《石氏星經》曰：「離珠五星，在須女北，須女之藏府，女子之星也。」

上的生命才能活著，倘若星斗消失，會讓氣產生混亂，最後會給活在這地上的萬物帶來惡劣影響……」

「是。」

「我想，諸位應該是趁著眾多星斗落下時，混在其中一起降落的，首先是牽牛星，其次是織女星追趕在後，同樣落下。而且，似乎都落在這個京城。那以後，我們一直在找尋墜落星斗的去向。現在總算找到了……」

晴明望向幡音。

「是……」

幡音安靜地點點頭。

「我正是你們在尋找的織女星。」

「爲什麼您會自天上降到我們這兒來呢？」

「那是因爲至今爲止一直和我來往的牽牛星，愛上了其他人，兩人趁著星斗流動紛亂不清時，自天上逃跑了。我的任務是找出兩人，再帶他們回天上，所以才降到地上來的……」

「起初，你們過得很幸福……」

「是。我深愛牽牛大人，牽牛大人也很愛我。因爲我們相處得過分親愛，我不再織布，牽牛大人也不再放牛，兩人都怠忽了自己的工作，因此我父親天帝下令，只准我們一年見一次面，見面的日子定在陰曆七月七日夜晚……」

「是。」

「儘管如此，一年一次的相會還是很快樂，不過，最近牽牛大人愛上了其他人……」

「是離珠星中的赤珠大人吧？」

「是。說實話，我之所以降臨地面，與其說是害怕天地之氣會陷於混亂，不如說，是因爲嫉妒他們二人，明明有我的存在，卻逃跑了。找到兩人後，我打算讓他們分手……」

幡音——織女輕輕用指尖按住眼角。

「小姐……」

漸台女用自己的袖子拭去自織女雙眼溢出的眼淚。

「您打算如何尋找牽牛大人他們呢？」

「幸運的是，牽牛大人留下在天上飼養的牛。我想，只要這頭牛在，應該可以找到牽牛星大人，所以將牠一起帶來。我們本來躲在西京的破廟尋

找，後來偶然在那裡遇見貞則大人，貞則大人是個好人，我們住進他的宅邸，一面受他照顧，一面尋找牽牛大人。每天晚上溜出來，是爲了報告這邊的情況，順便打聽一下有沒有新的消息。」

「你們打算怎麼利用那頭牛呢……」

「那頭牛只要接近牽牛大人附近，會發出像貓兒狗兒般的撒嬌叫聲。因此，帶著牛在這京城四處走動，牠應該會在某處發出叫聲。只要牛叫，我想，牽牛大人應該也在那個地方。」

「那麼，最近藤原兼家大人宅邸附近時常聽到的牛叫聲，正是織女大人從天上帶來的那頭牛發出的嗎？」

「是。」

「兼家大人因爲最近每當宅邸外傳來牛叫聲，宅邸內都會發生奇事，所以求我設法幫他解決，我登門拜訪後，才知道有關牛以及妳們的事。我想，事情或許如此，不過沒有確證，因而拜託道滿大人探尋其中原委。」

聽晴明如此說，貞則似乎總算理解了一切，點了點頭。

「原來如此……」

「晴明大人剛才所說的奇事究竟爲何？」織女問。

「在我說出之前，我想先詢問一件事。」

「什麼事？」

「妳們發現牽牛大人了嗎？」

「不，還沒有……」

「既然如此，就讓我幫妳們找吧。」

「眞的!?」

「是。」

晴明點頭，從懷取出一卷卷軸，擱在燈火下。

「這是什麼呢？」

織女和漸台女一起探看卷軸。

卷軸上載有題名。

《古今和歌集》[11]。

「據說，每逢牛叫時，兼家大人宅邸內的這卷卷軸都會發出青藍色的光，這正是我剛才說的奇事。」

「發出亮光？」

「是。」

---

11 簡稱《古今集》，日本最早敕撰和歌集，約編成於西元九一四年，共收錄和歌一千餘首，分為二十卷，所選戀歌頗多，多帶貴族化風格，和諧優美。其所選和歌與闡明和歌宗旨的序言，為後來數百年和歌創作樹立典範。

晴明回答後，繼而打開卷軸。

「請看這個。」

晴明用手指指著兩首和歌。

其中之一是《古今集》編選者凡河內躬恒[12]的和歌——

唯有我傷悲
孤憤斷愁腸
縱是牽牛者
年年一度逢[13]

另一首是小野小町[14]的和歌——

癡淚落袖頭
此淚猶潤珠
我淚若決堤
滾滾大江流[15]

---

12 八五九～九二五年，日本平安時代前期歌人、官員。其姓為宿禰。三十六歌仙之一。官至六品和泉大掾。

13 卷十二第六一二首，原文為：「我のみぞ　かなしかりける　彦星も　あはですぐせる　年しなければ。」

14 約八〇九～九〇一年，日本平安時代早期著名女和歌歌人，「六歌仙」和《古今和歌集》收錄作者中唯一女性，著有《小町集》。

15 卷十二第五五七首，原文為：「おろかなる　涙ぞ袖に　玉はなす　我はせきあへず　たぎつ瀬なれば。」

「這有什麼問題呢？」織女問。

「奇怪……」

博雅感到疑問，歪著頭。

「看出端倪了嗎？博雅大人……」

「這有什麼看不看得出的。這邊躬恒大人的和歌，寫著『牽牛』的地方，應該是『彥星』才對呀，而小町大人的這首和歌，寫著『珠』字的地方，應該是『玉』[16]吧……」

「你說得沒錯，博雅。」

晴明此時不留神用了只有兩人獨處時才會用的口氣如是說，不過，在場的人都沒有注意到此事。

「那天晚上，落下很多星斗，其中兩顆正是落在兼家大人宅邸的這卷卷軸。落下後，各自躲在這兩首和歌中。在這日本國，我們稱呼牽牛星爲『彥星』，所以牽牛大人躲在這兩個字內，赤珠大人則躲在小町大人那首和歌中的『玉』字內。正因如此，兩首和歌中的那兩個字詞才會分別變成『牽牛』和『珠』……」

16日語中「珠」與「玉」的發音都可讀作「たま」（tama）。

「什麼!?」

「等等……」

晴明將右手食指貼在自己的紅脣上，小聲念誦咒語。

然後用指尖觸及卷軸上的「牽牛」和「珠」二個字詞。

驀地，這兩字詞立即各自變成「彥星」和「玉」，接著，卷子發出青藍色光彩，繼而出現兩名男女站在燈火中。

是一對身穿唐式服裝的年輕男女。

「牽牛大人!?」

織女叫出聲。

「在下晴明只能做到這裡。接下來就是織女大人和牽牛大人的事了……」

晴明微笑著如此說。

六

「哎呀，這事眞是奇怪啊，晴明……」

博雅一面將盛有酒的酒杯送至嘴邊，一面說。

「唔，有時候，也會發生那種事吧。」

兩人在窄廊上喝酒。

雖然兩人的膝蓋前都擱著火盆，不過，空氣很冷。

夜晚——

雖冷，但因爲博雅說想在這裡喝酒。

「牽牛大人和織女大人一起回到天上了，這時候，不知他們懷著怎樣的心情在過日子呢？」

「誰知道？畢竟天上的事，也有我們無可計量的地方。」

「話說回來，原來天上的各位也會那樣移情別戀，或那樣嫉妒呀。」

「即使是天上的星斗，在人世，他們也不過是終將逝去的物事之一。雖然壽命長短有差，但同樣總有一天會消滅……」

「是嗎？原來眾神也會消滅？」

「嗯。」

「有道理，或許正因爲會消滅，所以他們也如人那般地戀愛……」

博雅戚戚然說，抬頭仰望天空。

天空中，牽牛星和織女星正閃耀著。

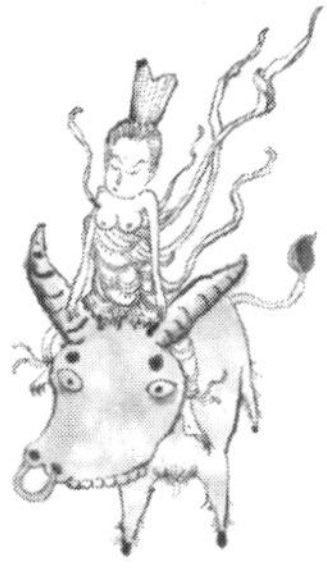

望月五品

一

梅花散發淡淡香味。

庭院某處綻放白梅，香味隨著夜間的空氣傳來。

雖然看不見白梅開在黑暗中的何處，不過，由於香氣，令人比實際看見時更能強烈感覺到白梅的存在。

剛升上猶未圓滿的月亮掛在天上，青光射在晴明宅邸的庭院。

晴明和博雅兩人，身旁擱著火盆，從方才起就在窄廊上喝酒。

博雅望著映在杯中酒裡的月亮。映出月亮的酒表面也飄出梅香，與酒香交融，形成一種無法形容的薰芳，飄盪在四周。

博雅連同映在酒上的月亮和香味一起喝乾，出神地嘆了一口氣。

「哦，晴明，我心情非常好。無論怎麼喝怎麼乾，月亮和梅香看上去絲毫也不減……」

博雅好像一面喝酒，一面在與月亮和梅香戲耍、嬉玩。

「博雅啊。」

晴明開口。

「什麼事？」

「月亮和梅香或許不會減少，不過，今晚的酒可是有限的……」

「那還用你說，我當然明白。這種事，根本毋須特意說明。晴明啊，難道你沒有一顆雅好風流的心嗎……」

博雅如此問時，晴明已經抬頭仰望月亮。

「快到了……」

晴明望著月亮低語了一句。

「什麼快到了，晴明……」

「月亮。」

「月亮？」

「今晚是十三。」

「那又怎樣？」

「我的意思是，再過不久……還剩兩個夜晚就會滿月，博雅。」

「所以我才在問，那又怎樣啊，晴明。」

「我是想，在滿月之前，必須設法解決問題。」

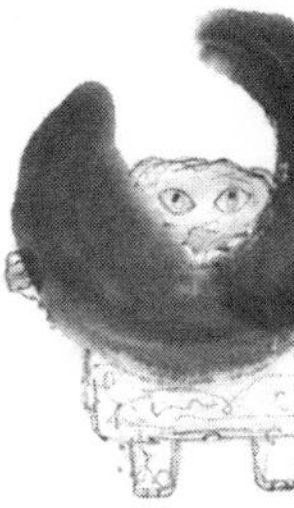

「設法解決什麼問題？」

「式部卿宮擔心滿月的夜晚會發生某事，因此，我剛才說，在那之前，我必須設法解決問題，博雅。」

「晴明啊，所以我從剛才開始，不是一直在問你到底什麼事嗎？你是不是因爲不想回答，故意擺架子……」

「博雅，這麼說來，你不知道式部卿宮宅邸中發生的那件事嗎？」

「什麼那件事？」

「每逢夜晚都會出現，而且四處徘徊的五品大人的事……」

「是什麼事？我不知道。」博雅答。

在此順便說明一下，晴明口中的式部卿宮，並非宇多天皇第八皇子敦實親王，而是醍醐天皇第四皇子重明親王。相當於博雅的叔父[1]。

「你告訴我，晴明。所謂在夜晚徘徊的那位五品大人，到底是怎麼回事？」

1 源博雅是醍醐天皇第一皇子克明親王的長子。重明親王曾任式部卿一職，位敘三品，故有此名。此篇故事原型出自《今昔物語》的〈提精〉。

二

據說十天前起，就出現了。

出現在東三条殿南方的假山。

大家都說，有個身高僅三尺，身穿五品裝束的胖男人在走動。

他每天晚上都會出現，先渡過池中的橋，再順著小島抵達西對屋[2]，之後又返回，不停漫步。

一邊走，一邊吟詩。

花間一壺酒，
獨酌無相親；
舉杯邀明月，
對影成三人。

月既不解飲，

2平安時代貴族住宅形式。「寢殿」朝南，建立在用地中心。北、西、東方都各自設置另一棟房子，稱為「對屋」；「對屋」與「寢殿」之間由走廊連接，稱為「渡殿」。

影徒隨我身；
暫伴月將影，
行樂須及春。
我歌月徘徊，
我舞影零亂；
醒時同交歡，
醉後各分散。
永結無情遊，
相期邈雲漢。

那聲音很怪。

聽起來含混，也有口齒不清的地方，卻相當響亮。

聽在耳裡，感覺很舒服。

詩詞的大意如下。

在花間抱著酒罈
一個人獨自喝著
舉起酒杯邀請明月
自己和明月和影子共有三人
月亮本不喝酒
而影子只是跟隨著自己的動作
暫且同月亮和影子相交爲伴一起飲酒吧
春日時節應該好好享受一番
我高歌時，月亮亦信足漫步
我舞動時，影子亦隨我身軀散碎零亂
我清醒時，它們和我一同歡笑
醉酒之後，它們會離我而去
喂喂我們到底能玩到什麼時候
來日就相聚在浩邈銀河再度共飲吧

對方是個相當風流的人，也有教養。

可是，身高三尺的話，算是小孩兒的高度。小孩兒應該不會身穿五品裝束，也不會吟詠如此的詩吧。

此外，任何人都猜不出他到底是誰。

那位五品大人，漫步了一陣子後，會在拂曉前消失蹤影。他到底從哪裡來？又消失在何方？

莫名地可怕，莫名地駭人。

只是，他的聲音極爲低沉，沁入人心，因此據說每逢對方即將出現的時刻，重明親王也不外出，總是躲在西對屋內，斂聲屏氣傾聽五品大人的聲音。

「可是，很令人在意。」

有人如此說。

是服侍親王的下人之一。

「萬一發生了什麼事也不行，我去觀察情況。」

這名下人躲在夜晚的庭院，等待那位五品大人出現。

突然——

花間一壺酒，

獨酌無相親；

聲音響起。

而且聲音逐漸挨近。

舉杯邀明月，

對影成三人。

遠遠望去，只見有個身高三尺、身穿五品裝束的粗胖男人，在月光中，渡過池中的橋走向這邊。

雖然是自己主動提出前往觀察，但事到臨頭，下人竟口乾舌燥，心臟跳得很激烈，無法開口向對方搭話。

那男人走過他身邊後，下人總算竭盡勇氣，從草木繁茂處出來，叫喚對方。

「請問，請問……」

聲音有點發抖。

我歌月徘徊——

五品男人止住聲音，站在原處。

「你，是誰？」下人問。

「沒有名字……」

五品男人背向下人如此說。

聲音含混不清，卻很響亮。

「我是，徘徊的月亮……」

「什麼？」

「眞希望滿月快來……」

身穿淺緋色裝束的五品男人說這話時，下人總算注意到了。

作五品裝束的男人，頭上沒有戴烏帽子或冠，什麼都沒有。

不僅如此。

他的頭，形狀歪斜。

這，不是人。

既非小個子漢子，亦非小孩兒。

是非人之物。

五品裝束的男人回過頭來。

下人看到他的臉。

那是張令人毛骨悚然的臉。

沒有鼻子。

雖然有眼睛，卻只是圓孔。臉左右各有一個圓孔——

而且，嘴巴也是圓孔。

沒有表情。

「滿月快來呀……」

「滿月快來呀……」

下人毛骨悚然。

因爲，回頭望向他的五品裝束男人，頭顱右上部分沒了。

從頭頂到右眼稍微上面的地方——不知是被撞破了，或是被砍掉了，還

是被野獸咬走了，總之，頭部有三分之一不見了。

他再也忍不住。

「哎喲！」

下人大喊一聲落荒而逃。

三

「這正是昨夜發生的事，博雅。」晴明說。

「可是，雖然不知道對方到底是狐狸或其他妖物，不過他吟詠著李白翁的詩，看來有一顆相當風雅的心……」博雅道。

「你太厲害了，博雅，正是這樣。就如我剛才所說，身穿五品裝束的男人，吟詠的是酒仙李白的〈月下獨酌〉一詩。」

晴明欽佩地說。

「這種事，我當然明白。但，不明白的是，那位五品大人爲什麼吟詠著李白翁的詩……」

「我有幾個猜想。」

「什麼猜想？」
「那個五品大人，把自己的身體比喻爲月亮……」
「啊，確實……」
「他說：『我是徘徊的月亮』，又說：『眞希望滿月快來』。」
「唔。」
「在李白翁的詩中，不是也有『我歌月徘徊』這一句嗎？」
「可是，那到底意味什麼，晴明……」
「不知道。」
「怎麼？你不知道？」
「不過，重明殿下很擔心。」
「擔心？」
「擔心五品大人說的那句『眞希望滿月快來』。」
「……」
「後天就是滿月。」
「唔。」
「因此，重明殿下擔心在月圓的後天，是不是會發生不好的事。」

「原來如此……」
「所以重明殿下今天中午遣人來此，問我該如何是好，博雅……」
「哎……」
「於是，我回答說，今晚會去拜訪。」
「那你今天叫我來的目的……」
「正是想和你一起去。」
「你不是說，想和我邊欣賞月亮邊喝一杯嗎……」
「就在東三条殿繼續如何？一面聆聽五品大人吟詠李白翁的詩，一面在月下喝酒。這方案應該不錯吧。」
「唔、嗯。」
「若此刻出發，在五品大人出現之前，應該可以抵達東三条殿。怎樣？去不去……」
「唔……」
「走。」
「走。」
事情就這麼決定了。

四

晴明和博雅在對飲。

兩人在東三条殿池中的小島中央。

該處像小山般稍微隆起。島上有松樹，兩人在松樹根附近鋪了地毯，擱好火盆，正在喝酒。

一旁有燃燒的火堆，如果沒有那火焰的熱氣，冷空氣恐怕會凍得徹骨。

陪伴兩人的是蜜蟲。

抵達宅邸之後，晴明向重明親王打聽了幾件事。

「原來如此，那位五品大人在池中那個島上巡遊嗎……」晴明道。

接著，在月光中，看到小島中央附近有一棵形狀很美的松樹。

「那棵松樹呢？」晴明問。

「去年在神泉苑發現的，因爲很中意樹的形狀，便移植到這裡……」

「是嗎……」

晴明可能聯想到什麼事，接連微微點了兩三次頭。

「既然如此，就在那邊……」

晴明親自選擇這個地方，讓家裡下人們挖掘松樹四周再埋平，之後讓下人鋪了地毯，焚燒火堆，然後和博雅喝起酒來。

以重明親王爲首，東三条殿的所有人，全躲在室內，屏住呼吸。

西對屋盡頭橫渡過池，可以直通小島西邊。

據說，五品裝束的男人從南方出現，首先渡橋到小島，再挨近西對屋，然後返回，之後以小島爲中心轉來轉去走到清晨，最後才消失。

晴明認爲，在這個島上一定能遇見對方，所以把場所定在此。

這晚，月色如冰。

深夜，月亮益發清冷地閃耀著。

「可是，這樣好嗎？晴明啊。」博雅說。

「什麼好不好？」

「我們這樣焚燒火堆，也毫不遮掩地喝著酒。若是五品大人看到我們，會不會不出現？」

「怎麼可能……」

「怎麼不可能呢？」

「如果五品大人不想被人看到，打算偷偷出現，他怎麼會吟詠李白大人的詩……」

「說的也對。」

「他會出現在這裡，應該也是因爲有事想訴諸別人，希望別人聽他說的話……」

「唔。」

「昨晚，下人不是問了五品大人嗎？五品大人也答話了。若非問的人害怕得逃開，應該已經問出詳細的理由了吧……」

晴明如此說時，聲音果然響起。

花間一壺酒，

獨酌無相親……

遠方隱約傳來吟詠李白詩句的聲音。

月既不解飲，

影徒隨我身……

那聲音逐漸挨近。

「聲音眞好聽……」博雅低語。

有個粗胖的三尺高影子渡過了橋。

「來了，博雅……」

晴明擱下酒杯，站起身。

博雅也站起身，與晴明並肩。

仔細觀看前來之「物」，對方身上果然穿著五品裝束，而且頭部右側付之闕如，像是殘缺了。

雙眼空空的，像打開兩個洞，嘴巴也像洞，沒有嘴脣和牙齒。

一張令人毛骨悚然的臉，出現在火光和月光中。

行樂須及春……

晴明走到前來的五品裝束之物面前，

「五品大人，請留步……」

晴明說，對方止步。

對方將沒有表情的眼洞轉向晴明，似乎在凝視著他。

「您每天晚上都在這裡徘徊，是不是有什麼東西在這邊？」晴明問。

「滿月快來呀……」

「滿月快來呀……」

那東西發出像在空洞中迴響般口齒不清的低沉聲音，如此說。

「您是在找什麼東西嗎？」晴明問。

對方點頭。

「爲了成爲滿月，成爲滿月，我所需要的東西……」

對方低沉地說。

「原來如此。」

晴明將右手伸入懷中。

「您要找的東西，是不是這個……」

晴明伸出右手。

擱在右手掌上的，是土器破片。

五枚土器破片——

「啊……」

對方看到破片，發出喜悅的聲音。

對方將晴明遞給他的破片擱在左手掌，再用右手一枚一枚抓起，貼到自己頭部欠缺的地方。

那些破片的大小恰恰和欠缺處相合，當第五枚破片合上時，對方已經恢復爲一張完整像樣的臉。

眼睛和嘴巴依舊是洞，卻變成一張說得過去的臉。

這樣一來，再仔細看，本來很可怕的那張臉，竟令人覺得頗有魅力。

「正是這個。正是這個。」

對方發出喜悅的聲音，向晴明鞠了一個躬。

「這樣的話，您那欠缺的頭就能變圓，成爲滿月，恢復原狀了。」

「喂，晴明，你什麼時候藏了那樣的東西……」博雅問。

「剛才下人挖掘這裡又填平時，自泥土中出現這些東西，我想應該有用，便拾起來收入懷中……」

「你……」

博雅說不出話。

「對了，五品大人，您爲何這樣做呢？」晴明問。

「是。很久以前，某些『物』棲宿在這附近，我是那些『物』製成的土偶，用在祭祀上。後來，時光流轉，人事變遷，我也就此深埋泥土之中。但因長年受人禮拜，不知不覺間萌生出心念。一百數十年前，空海和尚在神泉苑舉行求雨修法儀式[3]時，我受到空海和尚的神通感應，之後就變成現在這般，擁有一顆心了……」

「您吟詠的那首詩呢？」

「小野篁[4]大臣還在世的時候，曾與當時的天皇在神泉苑舉行過一場賞月宴。那時，小野篁大臣吟詠了那首詩，我也是在當時記住的……」

「哦。」

「去年，這棟宅邸的主人重明殿下，在神泉苑發現了這棵松樹，我正好被埋在松樹附近的泥土中，移植松樹時，我的頭被敲破，破片與松樹一起被運走，正好運到這附近的泥土中，與松樹根埋在一起。」

「所以您來尋找那些破片？」

「是。」

---

3 相傳天長元（八二四）年日本大旱，淳和天皇延請興福寺守敏與東寺空海乞雨，守敏祈福一週效果不彰，接著空海在神泉苑求雨亦不得，原來是守敏嫉妒空海，將國內龍神皆封於瓶內，空海遂延請北天竺無熱池善女龍王，天降大雨，後並請善女龍王移住苑內水池中。《陰陽師三 付喪神卷》〈吸血女侍〉也有提及。

4 八〇二～八五三年，平安時代前期公卿、漢學家、歌人。官位從三品，任參議。遣隋使小野妹子後裔。傳說他每夜通過井口前往地獄輔佐閻王審判。

「這身五品裝束，不知是誰扔掉的，剛好遺落在神泉苑。雖然受風吹雨淋破破爛爛，不過，我想，拜訪重明殿下宅邸時，裸體未免太過分，所以就穿在身上。」

對方點頭答。

「您剛才說過，您記住了那首詩，不過，您何以決定吟詠那首詩呢？」

「幸而我記住的是月亮的詩。因此，我吟著那首詩，打算告訴重明殿下，就像虧月成為滿月那般，我也很想讓自己的頭恢復原狀，於是每天晚上都出來吟詩。不過，多虧有您，我今天恢復成原來的樣子了……」

「原來如此，是這樣啊……」

「那麼，我就此告辭。往後，我大概不會再出現此地了。」

「其實即使出現也無所謂，不過，臨去之前，您能不能將剛才那首詩繼續吟誦下去給我們聽聽？」晴明說。

「啊，這主意好。」

站在晴明身邊的博雅發出叫聲，用力點頭。

「我們只聽到一半，沒有聽到結尾，很想聽整首詩。」

「那麼，我從頭吟誦給你們聽吧……」

五品大人如此說，當場從頭吟誦起整首李白〈月下獨酌〉。

五品大人吟詩的聲音低沉地迴響在四周。

　　永結無情遊，

　　相期邈雲漢……

吟罷詩詞的最後一句時，五品大人也消失了蹤影。

自那天晚上起，五品大人就不再出現。

五

幾天後，晴明遣人到神泉苑的埋藏處挖掘，果然挖出一具頗有古風的土偶。

頭右上部有破損的痕跡，不過據說，破損處緊黏在一起，挖出時也沒有壞掉。

晴明領走那具土偶，擱在自己宅邸的裡屋，聽說和博雅一起喝酒時，偶

爾會讓土偶吟詠李白的詩。

夜叉婆

一

兩個男人奔跑在夜晚的山路上。

跑在前頭的人，手持劈刀。

跑在後邊的人，手持弓。

不知是否遭人追趕，兩人有時會回頭看，一副拚命的樣子持續奔跑。

兩人是兄弟，哥哥是手持劈刀跑在前頭的多人，跑在後邊的則是弟弟眞人。

雖有月光，但杉樹樹梢覆蓋道路上空，大半月光都無法照射至地面。

儘管如此，二人仍拚命跑著。

突然，周圍變得開闊。

兩人仍在森林中，不過，只有該處沒長樹木，月光毫不遺漏照射下來。

眼前有一道布有苔蘚的石階。

「啊，是寺廟。」

「有寺廟。」

兩人刹那間止步，回顧身後。

「事情既然變成這樣，只能祈求神明保佑。」

「嗯，就這麼辦。」

兩人對彼此說著，隨即跨上石階往上爬。

石階四處崩塌，看似幾乎從未有人照料。

沿著石階爬到盡頭，出現一座山門。

憑藉月光，勉強分辨得出匾額上的文字。

上面寫著：「明光寺」。

可是，山門崩塌，山門簷上似乎也是野草叢生。

是座破廟。

看上去裡面沒有人住。

遠眺門內——寺廟境內，雜草叢生，只有青色月光照射在地面。

「唔、唔。」

「怎麼辦？繼續這樣下去，會被追上。」

兩人正在商量的時候，

「你們好像麻煩纏身……」

聲音響起。

是嘶啞的男人聲音。

門柱子後，驀地站起了一條人影。

一雙發出黃光、猶如野獸的眸子，正望著兩人。

二

多人和眞人是兄弟，兩人都以捕捉野鹿和野豬爲生。

他們是獵人。

兩人一起入山，捕捉獵物。

吃了獵物的肉後，再帶著剩下的肉，以及獸皮、獸角等到京城，交換大米和衣服等。

他們住在丹波[1]的山中，兄弟倆和老母親一家三人住在一起。

可是，最近，這位老母親也許年歲大了，竟開始不吃東西。她好像已經咬不動曬乾和鹽醃的肉。

「啊，討厭討厭，這獸肉這麼硬，牙齒怎麼咬得動呢。味道又這麼臭，

1 丹波國，日本古代令制國之一，屬山陰道，又稱丹州、丹南、南丹。領域約包含今京都府中部及兵庫縣東隅、大阪府高槻市一部分、大阪府豐能郡豐能町一部分。

根本吃不下。要是有更新鮮、更柔軟的肉，多好啊……」

母親如此說。

「啊，可愛的孩子。多人和眞人，你們都是我年輕時辛苦得半死才養大的。現在應該輪到你們來養我了……」

既然如此，兩人決定入山尋找獵物。

有一種名爲「守株待兔」的獵法，是兩人的專長。

首先尋出野鹿和野豬可能路過的地方，再挑選那附近的樹木。在那棵樹高處的樹枝之間，搭上幾條橫木，然後守在橫木上，用箭射路過樹下的野鹿和野豬。

接著，在距離四、五段[2]開外的另一棵樹上，也搭上同樣的橫木，哥哥和弟弟坐在各自的橫木臺上，等候獵物。

可是，當天，無論等多久，不但不見野鹿通過，也不見野豬通過。

不久，天黑了。

「怎麼辦呢？」

坐在另一棵樹上的弟弟眞人開口問。

「沒關係，就算天黑了，只要有野獸從底下通過，牠們的腳步聲和動靜

2 約四十至五十公尺。

都會透露出牠們的方位。只要知道方位，對我們來說，聽音辨位射殺獵物，根本是小事一樁。」

因爲哥哥多人這樣說，眞人也覺得有道理，於是，兩人就在原處繼續等下去。

到了夜晚，月亮高掛天空。

但獵物仍不出現，黑暗變得深濃，或許也起風了，附近的樹梢開始搖晃，沙沙作響。

突然——

好像有某物在觸摸多人的頭髮。

沙沙、

沙沙、

不知是什麼東西碰觸到頭髮。

多人起初以爲是樹梢。由於風搖晃樹梢，使得葉尖碰觸到頭髮吧。

但是，事實並非那樣。

因爲那個碰觸多人的東西，竟然抓住他的頭髮。

怒。

多人這樣想時，對方已經抓住多人的髮髻。而且力量很大，正打算提起多人。

怒、怒。

多人忍住憤怒，往上伸出不執弓的右手，好像觸到什麼東西。是一隻瘦小枯乾的人手。

怒。

怒、怒。

多人用力拉住那隻手。

對方的力量非常大。

如果多人沒有用右手拉住那隻手，抓住多人髮髻的那股力量，大概會提起多人的整個身軀。

由於髮髻被抓住，多人不能往上看，因此，他不明白到底是什麼人在做這樣的事。

「喂，眞人……」

多人呼喚坐在另一棵樹上的弟弟。

「什麼事？」

黑暗中傳出眞人的聲音。

「不知到底是夜叉還是妖鬼，但現在有人正抓住我的髮髻，打算把我提起。」

「什麼？」

「你看得見對方是什麼人嗎？」

「看不見。」弟弟眞人答。

雖然在黑暗中，也能估計出對方的位置，但彼此都看不見對方，只能聽到聲音。

「就在我頭上八寸的地方。你能射中嗎!?」

「我憑哥哥的聲音，應該能射中那附近。」

「那麼，射吧。」

「是。」

弟弟眞人把雁股箭鏃[3]搭上弓，呼一聲射出去。

手的主人打算抽回抓住髮髻的手，但因爲多人握住那隻手，以致對方逃不了。

呼！

---

3 箭鏃的一種，前端分成兩股，內側有刃，用來射斷飛禽或走獸的腳。

剛聽到一陣迎風的聲音，

砰！

說時遲，傳出箭射中那隻手的聲音，抓住髮髻的力量消失了，接著好像有什麼東西垂掛在多人的頭上。

藉著月光，多人舉起之前抓住他的東西，那是一隻滿是皺紋，骨瘦如柴的人手——從手腕到手掌。

「對方留下手，逃走了。」多人說。

「哥哥，既然發生這種事，我們還是不要繼續打獵，回家吧。」

「好。」

哥哥和弟弟從樹上跳下來，在樹下，多人讓眞人看了那隻手。

「所謂妖鬼的手，原來長這個樣子。」眞人道。

之後，兩人沒有扔掉那隻手，由多人拿著，兩人回家。

「母親大人，我們回來晚了。」

「非常抱歉，今天沒有獵物。」

兩人如此叫喚，卻不見母親從臥房出來。

黑暗中，只傳出如下的聲音。

「痛啊……」

「痛啊……」

「奇怪？」

多人感到疑問，歪著頭。

「你們兩個混帳東西，竟然敢用箭射斷我的手！」

臥房內傳出充滿怨恨的聲音。

──到底怎麼回事？

「請問……」

多人出聲叫喚。

「痛得很啊！」

有人大喊，繼而從臥房中衝出。

原來是披頭散髮、表情淒厲的老母親。

多人情不自禁扔掉妖手，用手中的弓擊打那張臉。

弓擊中母親的嘴，母親用發黃的獠牙和齒咬住那把弓。

咯！咯！

母親咬碎了弓。

弟弟的眞人把箭鏃搭上弓，瞄準母親。卻因爲母親大喊：

「混帳！你存心射死你母親嗎？」

眞人射不出箭。

「我好餓啊，我好餓啊……」

母親一邊說，一邊撲向兄弟倆，兄弟倆只能拔腿逃出家門。

由於多人的弓已經被吃掉，他便從腰部拔出劈刀，握在右手中奔跑。邊跑邊回頭看，可以看見母親在青色月光中飛也似追在後面。

「我好餓啊！」

「我好餓啊！」

母親在後面追趕，她的雙眸發出野獸般的閃亮青光。

就這樣一路逃跑，好不容易才發現一座寺廟，跑進去一看，竟然是座破廟。

兩人正不知如何是好時，聲音響起了。

「你們好像麻煩纏身。」

一個年歲很大的老人，從柱子後站起身。

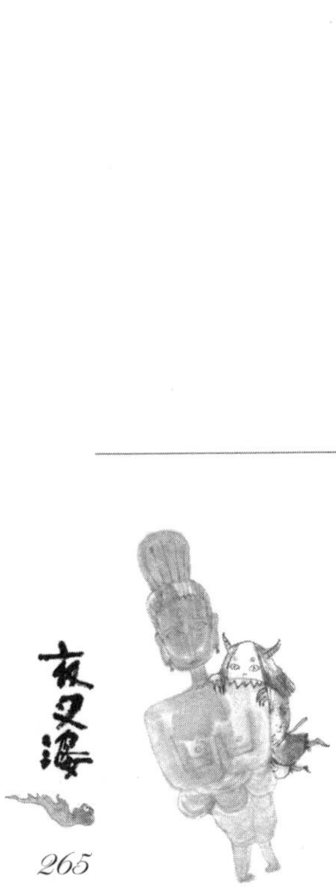

三

「怎麼了？有人追趕你們嗎？」那男人說。

藉著細細灑下的月光觀看，對方似乎是個老人。

頭髮蓬亂無章地束起，身上穿著一件無異於襤褸破布的黑色圓領公卿便服。

老人緩緩站起身。

「你、你是誰？」多人問。

「我是蘆屋道滿……」老人答：「是法師陰陽師。」

「噢，是陰陽師……」

「我好不容易才舒暢地睡著，又被你們吵醒了。」

對方是個奇怪的老人。

怎麼會睡在這種遠離村里人煙的破廟山門下呢？

「你們呢？」老人——道滿問。

被這麼一問，兄弟倆總算察覺還沒有報上姓名。

「我名叫多人。」
「我名叫眞人。」
兩人報上名字。
道滿似乎在夜晚視力也很好，用可怕的眼光凝望兩人——
「那是什麼……」老人問多人。
「哪個？」
「就是那個。」道滿挑挑下巴，用眼神示意多人的脖子後。
眞人望過去，「哇」地一聲大叫出來。
原來，一隻滿是皺紋的右手，垂掛在多人的後頸上。
眞人抓住那隻手，打算扯下，但那隻手似乎用相當大的力量，緊握住衣領不放鬆。
「等等……」
道滿說完，轉到多人背後，口中喃喃念誦某種咒語，再將右手食指貼在脣上，最後用那根食指觸碰抓住多人衣領的手。
咚！
那隻手掉落了。

「是誰的手？」道滿問。

多人一面在月光中凝視著落在地面的那隻手，一面答：

「是我母親的手。」

「什麼……」

道滿低語，兩人向道滿簡短講述逃到此地的來龍去脈。

「正因爲事前不知這隻手是我母親的，所以才射得出箭。可是，一旦知道追趕在後的是我母親，我就無法舉弓向她射箭。」眞人說。

「原來如此，原來是你們的母親在後面追趕……」

喀、

喀、

喀、

道滿抿嘴低聲笑著，接著說：

「實在可愛……」

「可愛？」

「我是說你們的母親。」

「爲什麼？」

「身為人母者，無論你們成長到幾歲，對她來說，都是可愛得要命的孩子。即使自己老了，死期將至，也絕對不想死。世間常說，每個母親都想比孩子先死，其實那是謊言，是世間笨蛋說的戲言，所有人都上當了。凡身為父母者，都想一直活到自己的孩子死去，都想一直疼愛著孩子，想比孩子活得更久，直至孩子死去那一刻，也想為孩子做些什麼事，這是為人父母者苦苦期盼的的共通願望……」

道滿望著兩人。

「老到即將死去時，有些作母親的人，因為這個願望太過強烈，因而化為妖鬼。化為妖鬼的目的，就是想在死去前吃掉自己的孩子。」

道滿抿嘴嗤笑。

「我沒說錯吧？」

道滿望著兩人。

「這不是很可愛嗎？」

笑容再度黏上道滿的嘴角。

那笑容相當駭人。

到底他是怎麼活、活多少年，才能浮出這樣的笑容呢？

「不過，對你們來說，即使對方是親生母親，也不願意被吃掉吧？」

「請您救救我們。既然您是陰陽師，應該通曉這方面的事吧……」

「唔……」

道滿用右手撫摸長著白鬍鬚的下巴。

「雖然可以設法幫你們解決，不過……」

道滿用可怕的目光望著多人、眞人。

「你們有酒嗎？」道滿問。

「酒？」

「嗯。」

「酒的話，倒是有，我們每年摘取山葡萄製作的……」

「既然如此，我就要那個。」

「任何時候都可以給您。」眞人說：「可是，我們該怎樣做才好呢？」

「說到你們那個母親，既然到現在還不來，應該是追趕你們到這座破廟時，追過頭了，不過，她應該會馬上察覺，仍舊追到這裡來。看，你們母親的手就在那裡……」

順著道滿的眼光看過去，掉落的手正在蠕動著指尖，像蜘蛛那樣，打算爬到草叢中。
「你們的母親已經不是這人世之物。可能幾天前就過世，現在只剩下妄念執念在控制軀體吧。若果如此……」
「若果如此？」
「你們跟我來。」
道滿率先走進寺廟境內。
三人撥開草叢來到一座不大的正殿前，從坍塌的土牆進入正殿。
正殿內也荒廢無比。
屋頂壞了，月光從上空恣意灑落。
地板也腐爛了，長出野草。
「噢，這裡有佛像。」道滿開口。
地板上躺著兩尊用木頭雕刻的佛像。佛像身上纏著藤蔓，有一部分已腐爛，長著蘚苔。大概是雨雪從坍塌的屋頂空隙灌進來，沾濕了佛像。
「是觀音菩薩和勢至菩薩。」
道滿一面說，一面把那兩尊佛像挾抱在腋下，回到山門下。
「那麼，可以給我你們的頭髮嗎？」道滿問。

「頭髮？」

「是的。」

道滿邊說邊將兩尊佛像豎立在山門下。豎立後一看，佛像的高度正好及道滿的腰部。

道滿用右手從懷中取出小刀，走到多人面前。接著，道滿抓住多人的髮髻，喀擦一聲剪掉頭髮。

再將剪下的頭髮纏在觀音菩薩的頭上。

之後伸出手指貼在觀音菩薩背部，再轉動食指。

靈！

宿！

動！

道滿用手指在佛像背部寫上這三個字。

其次是眞人。

道滿也自眞人頭上剪下頭髮，纏在勢至菩薩的頭上。

而且和剛才他爲多人做的一樣，用手指在勢至菩薩背部寫下同樣文字。

「可以了。」

道滿看似滿足地點頭。

道滿接下來做的是撿拾掉落的樹枝，並讓兩人站在山門外。之後，道滿站在兩人身旁與其並肩，再用手中樹枝在三人周圍的地面畫下圓圈，口中再度喃喃念誦某種不知所以的咒語。

一切都結束後，道滿說：

「無論發生什麼事，你們都不能出聲……」

多人和眞人彼此互望，向道滿點了頭。

不久後——

「在哪裡？在哪裡？多人啊，眞人啊……」

石階下方傳來如此的聲音。

「找到了，是這邊吧。是從這個石階上去的地方吧……」

聲音逐漸挨近。

多人和眞人差點嚇掉了魂。

首先，一隻滿是皺紋的右手出現在石階邊緣。

右手從石階爬上，再緩緩爬向兩尊佛像。
接著是一道人影，追在那隻手後面般現出身姿。
是個白髮披散的老婦人——多人和眞人的老母親。
「在哪裡？你們在哪裡……」
那身體閃閃發出青光，彷彿被月光淋濕那般，月光好像自全身滴落著。
仔細觀看，可以看到白髮中長出兩根角。
老婦人的眼神發出碧熒青光，停在佛像身上。
「啊，原來在那裡，原來去到那裡了……」
長角的老婦人露出歡喜的笑容。
「噢，我太高興了太高興了，噢，眞可愛……」
老婦人挨近兩尊佛像。
「多人啊，多人啊，我想吃你，我想吃你的肉……」
老婦人首先咬住觀音菩薩木像的脖子。
之後，嗑嗑、喀喀地咬斷脖子的木頭，然後嚥下。
「啊，好吃。這血是甘露。」
其次是勢至菩薩——眞人。

老婦人面向勢至菩薩。

「不知味道怎樣？不知眞人的肉，味道怎樣……」

喀！

老婦人張開大口，雙手抱住木像，一口咬住頭部。

喀喀！

嗑嗑！

咕咕！

老婦人不停咬斷木像，再用牙齒嚼碎，然後嚥下。

有時因過於歡欣，左右搖著頭。

「噢，美味，美味……」

鮮紅舌頭一邊舔著嘴脣，一邊如此喃喃自語。

老婦人終於發狂了。

於是，她不停吃著兩尊佛像，接著突然啪嗒倒下。

老婦人躺在兩尊佛像前。

而且，不再動彈。

「好了……」道滿說。

多人和眞人兄弟倆戰戰兢兢地走到躺在地面的老母親身邊，兩人合力輕輕抱起老母親的身體，讓她仰躺著。

那張臉，已經不是妖鬼的臉，沒有長角也沒有獠牙。

只有月光照射著那張臉，那臉浮現看起來很滿足的笑容。

「噢，眞是可愛的一張臉，哎呀，眞是可愛的一張臉……」道滿說。

「母親大人……」

「母親大人……」

多人和眞人抱著母親的身體，放聲大哭了起來。

後記

——秋天到了

人的一生會發生各式各樣的事。

經過這些各式各樣的事，之後，秋天就到了。

一年還沒有結束。

當然還有剩餘的時間，不過，終究是秋天。

秋天吹的是秋天的風，秋天開的是秋天的花。

而且，秋天開的應該是秋天的花。

即使會颳颱風和暴風雨，但是，秋天的花照樣會開。

龍膽。

黃花敗醬。

地榆[1]。

毛果一枝黃花[2]。

日本藍盆花[3]已經在夏天開過了嗎？

《陰陽師》總是從書寫當時的各個季節開始描寫。

如果當時開著櫻花，便寫櫻花的事；如果下著梅雨，便寫雨天的事，故

---

1 原文為「吾亦紅」（われもこう，waremokou），學名*Sanguisorba officinalis* L.，薔薇科（Rosales）多年生草本，株高一至二公尺，根莖粗壯，獨莖直上，根呈紡錘形或長圓柱形，可做中藥。

2 原文為「秋麒麟草」（あきのきりんそう，akinokirinsou），廣義的「秋麒麟草」是指學名為*Solidago virgaurea*的「毛果一枝黃花」，狹義的是指其變種*Solidago virgaurea* var. *asiatica*。菊科（Asteraceae）多年生草本。可入藥。

3 原文為「松虫草」（まつむしそう，matsumushisou），學名*Scabiosa japonica*，續斷科（Dipsacaceae）多年生宿根草本。株高約六十公分。

事就自此開始。

因此，《陰陽師》的故事其實也是季節的故事。

一晃眼，大約寫了二十五年——

第一篇作品，是三十五、六歲時寫的。

我花掉人自出生至死去為止，日正當中歲月的大半，持續寫著這個故事。

夏天的最盛時期。

季節已經過去，周圍已是秋天的氣息。

胡枝子開了，本來在鳴叫的蟬聲也每天逐漸減少，我在我的房間，孤零零一個人握著筆，在寫這篇稿子。

今天是我父親過世後第十三次忌日。

父親過世時，正好七十四歲。

我今年六十一歲。

還有十三年，我將迎接父親過世的年齡。

關節的可動領域變得很窄，身體到處都有病，不過，看似還可以邊哄邊騙地使用這具肉體過下去。

當然，還有剩餘時間。
應該做的事——我必須寫的故事，到現在似乎毫不見減少。
秋天眞的是豐饒的季節。
眞的眞的，我正在迎接令人感激的秋天。
就像晴明和博雅那般，這是個令人想醺醺然喝酒的季節。

深切地深切地　愛著秋天的蟬

基於上述，在此獻上第二十五年的《陰陽師》。

二〇一二年九月十三日　於小田原　夢枕獏

夢枕獏公式網站「蓬萊宮」網址：http://www.digiadv.co.jp/baku/

作者介紹

夢枕獏（YUMEMAKURA Baku）

日本SF作家俱樂部會員、日本文藝家協會會員。生於神奈川縣小田原市，東海大學文學部日本文學系畢業。嗜好是釣魚，特別熱愛釣香魚。也熱中泛舟、登山等等戶外活動。此外，還喜歡看格鬥技比賽、漫畫，喜愛攝影、傳統藝能（如歌舞伎）的欣賞。

夢枕先生曾自述，最初使用「夢枕獏」這個筆名，始自於高中時寫同人誌風的作品。「獏」這個字，正是中文的「貘」，指的是那種吃掉惡夢的怪獸。夢枕先生因爲「想要想出夢一般的故事」，而取了這個筆名。

年表：

一九五一年	一月一日生於神奈川縣小田原市。
一九七三年	東海大學日本文學系畢業。
一九七五年	到海外登山旅行，初訪尼泊爾。
一九七七年	在筒井康隆主辦的SF同人雜誌《NEO NULL》、及柴野拓美

主辦的《宇宙塵》上發表作品。在《NEO NULL》上發表的〈蛙之死〉受到業界人士注意，同作轉至SF專門商業出版雜誌《奇想天外》刊登而成爲出道作。之後在《奇想天外》發表中篇小說〈巨人傳〉，而正式開始作家之路。

一九七九年　在集英社文庫Cobalt推出第一本單行本《彈貓的歐爾歐拉涅爺》。

一九八一年　在雙葉社推出第一次的單行本新書《幻獸變化》。

一九八二年　在朝日Sonorama文庫推出Chimera系列第一部《幻獸少年Chimera》。

一九八四年　在祥傳社Non-Novel書系發表的「狩獵魔獸」系列三部曲成爲暢銷作。

一九八六年　循《西遊記》裡的旅途前往中國大陸作取材之旅，從長安到吐魯番。「陰陽師」系列開始連載。

一九八七年　繼續西遊記行程。下半年與野田知祐一同在加拿大的育空河泛舟。

一九八八年　第三次踏上西遊記的旅程，到天山的穆素爾嶺。文藝春秋社出版《陰陽師》。

一九八九年	以《吃掉上弦月的獅子》奪得第十屆日本SF大獎。
一九九〇年	《吃掉上弦月的獅子》獲頒星雲賞平成元年度日本長篇獎。
一九九三年	十月爲坂東玉三郎所寫的〈三國傳來玄象譚〉在東京歌舞伎座「藝術祭十月大歌舞伎」上演。
一九九四年	出任日本SF作家俱樂部會長。岡野玲子改編的漫畫作品《陰陽師》出版。
一九九五年	小說《空手道上班族班練馬分部》由NHK拍成電視劇，由奧田瑛二主演。在東京神保町的畫廊舉辦照片展「聖琉璃之山」（亦有同名攝影集）。文藝春秋社出版《陰陽師—飛天卷》。
一九九六年	爲坂東玉三郎作詞的〈楊貴妃〉在歌舞伎座上演。爲NHK BS臺的「釣魚紀行」錄影赴挪威。十月起在NHK總合臺「大人的遊樂時間」擔任常任主持人。爲電視節目「世界謎題紀行」錄影赴澳洲。
一九九七年	文藝春秋社出版《陰陽師—付喪神卷》。
一九九八年	於中央公論新社出版《平成講釋—安倍晴明傳》。
一九九九年	《陰陽師—生成姬》於朝日新聞晚報開始連載。
二〇〇〇年	文藝春秋社出版《陰陽師—鳳凰卷》。

二〇〇一年　四月，ＮＨＫ製作、放映《陰陽師》，由SMAP成員之一的稻垣吾郎主演。六月，岡野玲子的漫畫版出版至第十冊。十月，電影「陰陽師」上映。由知名狂言家野村萬齋飾演主角「安倍晴明」，眞田廣之、小泉今日子等人共同主演。文藝春秋社出版《陰陽師─晴明取瘤》。

二〇〇三年　電影「陰陽師II」於十月上映。文藝春秋社出版《陰陽師─太極卷》。

二〇〇六年　首度來台參加台北國際書展，掀起夢枕旋風。

二〇〇七年　改編同名作品的電影「大帝之劍」由堤幸彥導演、阿部寬主演，於四月在日本上映。七月文藝春秋社出版《陰陽師─夜光杯卷》。年底配合首本繁體中文版《陰陽師》繪本《三角鐵環》來台舉辦簽書會，再度掀起《陰陽師》的閱讀熱潮。

二〇〇八年　雙葉社出版《東天的獅子》系列。

二〇一〇年　文藝春秋社出版《陰陽師─天鼓卷》。角川書店出版與天野喜孝、叶松谷共同合作的《楊貴妃的晚餐》。

二〇一一年　以《大江戶釣客傳》獲得第三十九屆泉鏡花文學獎、第五屆舟橋聖一文學獎。改編《陰陽師》的漫畫家岡野玲子訪台。同年傳出陳凱歌將與日本電影公司合作《沙門空海》的電影拍攝作業。文藝春秋社出版《陰陽師—醍醐卷》。

二〇一二年　以《大江戶釣客傳》獲得第四十六屆吉川英治文學獎。十月文藝春秋社出版《陰陽師—醉月卷》。適逢《陰陽師》出版二十五週年，文藝春秋社也同步出版《陰陽師完全解析手冊》。

二〇一三年　八月參加ＮＨＫ總合台的柳家權太樓的演藝圖鑑節目播出。九月在東京歌舞伎座上演《陰陽師—瀧夜叉姬》，創下全公演滿座紀錄。十月小學館出版長篇小說《大江戶恐龍傳》系列。

二〇一四年　文藝春秋社出版《陰陽師—蒼猴卷》、《陰陽師—螢火卷》，後者出版後獲得十一月網路票選「二十歲男性最喜歡閱讀的時代小說」第二名。

二〇一五年　曾獲第十一屆柴田鍊三郎獎的小說《眾神的山嶺》，將由導演平山秀行翻拍成電影，阿部寬與岡田准一主演，三月前往尼泊爾山區取景，將於二〇一六年於日本全國院線上映。暌違十二年《陰陽師》再度影像化，夏季將在朝日電視台播出同名ＳＰ電視劇，由歌舞伎演員市川染五郎主演。

二〇一七年　作家生涯四十週年，榮獲菊池寬獎及日本推理大賞。

陰陽師．第十五部　醉月卷／夢枕獏著；茂呂美耶譯
—二版.—新北市：木馬文化事業股份有限公司出版：
遠足文化事業股份有限公司發行，2023.07
288面；14×20公分.—(繆思系列)
ISBN 978-986-359-688-2(平裝)
861.57　　108009544

繆思系列
陰陽師〔第十五部〕醉月卷

作　　者　夢枕獏(Baku Yumemakura)　封面繪圖　村上豐
譯　　者　茂呂美耶
社　　長　陳蕙慧
副 社 長　陳瀅如
總 編 輯　戴偉傑
編　　輯　王淑儀
行銷企劃　李逸文．張元慧．廖祿存
特約編輯　連秋香
封面設計　蔡惠如
美術編輯　蔡惠如
內文排版　綠貝殼資訊有限公司

出　　版　木馬文化事業股份有限公司
發　　行　遠足文化事業股份有限公司(讀書共和國出版集團)
231新北市新店區民權路108-3號8樓
電話 02-22181417　傳真 02-22180727
E-Mail service@bookrep.com.tw
郵撥帳號 19588272木馬文化事業股份有限公司
客服專線 0800221029
法律顧問　華洋法律事務所　蘇文生律師
印　　刷　成陽印刷股份有限公司
二版一刷　2019年7月
二版二刷　2023年9月
定　　價　340元
I S B N　9789863596882